CB072320

MENDIGOS
E ALTIVOS

CONRAD EDITORA

CONSELHO EDITORIAL
Cristiane Monti
Rogério de Campos

GERENTE DE MARKETING
Márcio Carvalho

GERENTE DE TRADE MARKETING
Silvio Alexandre

GERENTE DE PRODUTO
Cláudia Maria do Nascimento

DIRETOR EDITORIAL
Rogério de Campos

COORDENADOR EDITORIAL E DE COMUNICAÇÃO
Alexandre Linares

COORDENADORA EDITORIAL E
DE DIREITOS INTERNACIONAIS
Luciana Veit

GERENTE DE PRODUÇÃO
Alexandre Monti

COORDENADORA DE PRODUÇÃO
Rita de Cássia Sam

ASSISTENTE DE PRODUÇÃO EDITORIAL
Lígia Azevedo

ASSISTENTES EDITORIAIS
Alexandre Boide, Jae HW e Mateus Potumati

REVISORES DE TEXTO
Lucas Carrasco e Marcelo Yamashita Salles

EDITOR DE ARTE
Marcelo Ramos Rodrigues

ASSISTENTES DE ARTE
Ana Solt, Diego Aguilar, Jonathan Yamakami,
Marcos R. Sacchi e Nei Oliveira

ALBERT COSSERY

MENDIGOS
E ALTIVOS

TRADUÇÃO
Dorothée de Bruchard

CONRAD

"Cet ouvrage, publié dans le cadre du programme d'aide à la publication, bénéficie du soutien du Ministère français des Affaires Etrangères."

"Este livro, publicado no âmbito do programa de participação à publicação, contou com o apoio do Ministério francês das Relações Exteriores."

Originally published under the title MENDIANTS ET ORGUEILLEUX
© 1993, 1999 Editions Joëlle Losfeld
© 2004 Editions Gallimard

Copyright desta edição © 2006 by Conrad Editora do Brasil Ltda.

Título original: *Mendiants et orgueilleux*

Capa: Diego Aguilar
Foto de Capa: David Haberlah
Tradução: Dorothée de Bruchard
Preparação: Cristina Yamazaki
Edição: Alexandre Boide
Diagramação: Manoel Carlos (www.macrocomunicacao.ppg.br)
Produção Gráfica: Alberto Gonçalves Veiga, André Braga
e Ricardo A. Nascimento
Gráfica: Geográfica

Dados Internacionais de Catalogação na Publicação (CIP)
(Câmara Brasileira do Livro, SP, Brasil)

Cossery, Albert, 1913 - .
Mendigos e Altivos / Albert Cossery
tradução Dorothée de Bruchard. -- São Paulo : Conrad
Conrad Editora do Brasil, 2006.

Título original: Mendiants et orgueilleux.
ISBN 85-7616-176-1

1. Romance Francês - Escritores Egípicios
I. Título.

06-3523   CDD-843

Índices para catálogo sistemático:

1. Romances: Literatura egípicia em francês   843

CONRAD EDITORA
Rua Simão Dias da Fonseca, 93 – Aclimação
São Paulo – SP 01539-020
Tel.: 11 3346.6088 / Fax: 11 3346.6078
atendimento@conradeditora.com.br
www.conradeditora.com.br

Sumário

Capítulo I 9

Capítulo II 33

Capítulo III 57

Continuação do Capítulo III 75

Capítulo IV 85

Capítulo V 115

Capítulo VI 137

Capítulo VII 163

Capítulo VIII 191

Capítulo IX 211

Capítulo X 241

Capítulo XI 271

I

Gohar agora estava acordado; pouco antes, sonhara que estava se afogando. Apoiou-se num cotovelo e olhou à sua volta, com uma expressão cheia de incerteza, ainda desnorteado de sono. Já não estava sonhando, mas a realidade estava tão próxima de seu sonho que ficou perplexo por um instante, intensamente consciente de que um perigo o ameaçava. "Por Alá! A enchente!", pensou. "O rio vai levar tudo embora." Porém não ensaiou nenhum gesto de fuga ante a iminência da catástrofe; pelo contrário, ficou agarrado ao sono como a uma tábua e fechou os olhos.

Custou a se recuperar, quis esfregar os olhos, mas deteve-se a tempo: suas mãos estavam molhadas e viscosas. Estava dormindo todo vestido, no chão, numa cama feita de pequenas pilhas de jornal velho. A água submergira tudo, cobria quase todo o piso ladrilhado do quarto. Corria silenciosamente em sua direção com a fatalidade opressiva de um pesadelo. Gohar tinha a impressão de estar numa ilha; não tinha coragem de se mexer. A presença inexplicável daquela água mergulhava-o num espanto profundo. No entanto, o pavor inicial se atenuava à medida que recobrava a consciência da realidade. Compreendia agora que a idéia de um rio que transbordava, devastando tudo pelo caminho, era uma aberração. Tentou então saber de onde vinha aquela água misteriosa e logo descobriu: ela escorria por baixo da porta do apartamento vizinho.

Gohar estremeceu, como se um terror indescritível o tivesse acometido: o frio. Tentou se levantar, mas o sono ainda estava dentro dele, entorpecendo seus membros, retendo-o com laços indissolúveis. Sentia-se fraco e desamparado. Enxugou as mãos no paletó, nas partes em que o tecido não estava molhado; agora já podia esfregar os olhos. Fez o gesto com calma, olhou para a porta do apartamento vizinho e pensou: "Devem estar lavando o piso. Mas, puxa, quase me afogaram!" O súbito asseio dos vizinhos parecia-lhe estranhamente grotesco e escandaloso. Aquilo nunca acontecera antes. Naquele prédio sórdido e arruinado do bairro indígena, habitado por pobres criaturas famélicas, nunca se lavava o piso. Deviam ser inquilinos novos, uns espertinhos querendo impressionar a vizinhança.

Gohar continuava com o espírito inerte, como que estupefato pela revelação daquele asseio descabido. Tinha a impressão de que precisava fazer alguma coisa para deter a inundação. Mas o quê? O melhor era esperar; com certeza aconteceria um milagre. Aquela situação absurda exigia um desfecho motivado por forças sobrenaturais. Gohar se sentia desarmado. Esperou uns minutos, e nada aconteceu, nenhum poder oculto veio em socorro. Enfim levantou-se, ficou de pé, parado, numa atitude de alucinado, de sobrevivente de um naufrágio; então, com infinita cautela, avançou pelo piso encharcado e foi sentar-se na única cadeira existente no quarto. Afora aquela cadeira, havia apenas um caixote de madeira virado, e sobre ele um fogareiro a álcool, uma cafeteira e uma moringa com água potável. Gohar vivia de acordo com a mais estrita economia de recursos materiais. A noção do conforto mais elementar fora banida de sua memória havia muito tempo. Detestava cercar-se de objetos; continham os germes latentes da miséria, da pior das misérias, a miséria inanimada; aquela que fatalmente gera melancolia com sua presença inevitável. Não que fosse sensível às aparências da miséria; não reconhecia nela nenhum valor tangível, continuava sendo uma abstração para ele. Queria apenas proteger o olhar de uma promiscuidade deprimente. O despojamento do quarto tinha para Gohar a beleza do inapreensível, ali ele respirava um ar de otimismo e liberdade. A maioria dos móveis e objetos usuais lhe ultrajava a vista por não oferecer nenhum alimento à sua necessidade de fantasia humana. Somente as criaturas, com suas incontáveis loucuras, tinham o dom de diverti-lo.

Ficou pensativo por um instante, olhando para a cama devastada, inutilizada. Os jornais velhos que serviam de colchão estavam totalmente submersos; já começavam a boiar rente ao chão. A visão do desastre lhe agradou, por sua simplicidade primitiva. Ali, onde não havia nada, a tempestade se desencadeava em vão. A invulnerabilidade de Gohar estava nesse total despojamento; ele não dava margem a devastações. Tornou a lembrar-se dos extravagantes vizinhos e se perguntou quais seriam os motivos daquele insólito asseio. O que estavam querendo fazer? O prédio não resistiria àquele tratamento; já estava podre até os mínimos recantos, só esperando um sinal para desabar. Iam todos perecer, não havia a menor dúvida.

Gohar esforçava-se para entender as intenções daqueles malditos inquilinos quando um grito intenso, proveniente de vários peitos, um grito comprido como uma noite de horror, ecoou no apartamento vizinho. As paredes do velho prédio vacilaram com a violência do choque; o grito, ao alcançar seu ponto culminante, cedeu; houve um silêncio angustiante, seguido de uivos sinistros. Gohar não entendeu de imediato o significado daquele delírio. Então lhe veio a luz, fulgurante. Não havia a menor dúvida, eram carpideiras. No espaço de um segundo, percebeu todo o horror do acontecido: no apartamento ao lado havia um morto, e a água esbranquiçada e ensaboada que arremetera contra ele durante o sono era usada para lavar o cadáver.

Primeiro o assombro, e depois o nojo, colaram-no à cadeira, deixando-o sem fôlego. Olhou, taciturno, para as mãos trêmulas, ainda úmidas, para as roupas maculadas pela morte. Então se sacudiu bruscamente, como se tentasse expulsar para longe os germes insalubres da morte, e correu para pegar a moringa. Estava vazia. Gohar lançou ao redor um olhar assustado, buscando, em desespero, uma torneira inexistente. Como iria lavar as mãos? Mantinha-as afastadas do corpo, perguntando-se a que doença sucumbira o vizinho. Talvez tivesse apanhado alguma doença contagiosa. "Os micróbios!", pensou, angustiado. Porém em seguida o medo dos micróbios pareceu-lhe risível.

"Se a gente fosse morrer por causa dos micróbios", pensou, "há muito tempo estaríamos todos mortos." Num mundo desprezível, até os micróbios perdem a virulência. Tornou a sentar-se na cadeira e ficou muito tempo refletindo sobre a comicidade daquela aventura. Recobrara a tranqüilidade, tudo era simples e fácil, extraordinariamente falacioso. Nenhuma calamidade tinha o poder de constrangê-lo à tristeza: seu otimismo superava as piores catástrofes. Com um sentimento de desinteresse absoluto, contemplou mais uma vez o piso invadido pela água, os jornais velhos dispersos, o despojamento irreal de seu quarto, e um estranho sorriso iluminou por um instante sua fisionomia doce e ascética.

No apartamento vizinho, as carpideiras estavam brutalmente imersas na desgraça; seus berros tinham alcançado uma amplitude implacável, criando uma atmosfera de drama definitivo e sanguinolento. Nenhuma vontade humana teria condição de detê-las em sua vertiginosa tarefa. Gohar estava sob o efeito daqueles lamentos sinistros. Estava possuído pelo desejo de encontrar, para além dos gritos, um elemento capaz de alegrá-lo. Porém aqueles urros mecânicos, de vozes mercenárias, ecoavam no ouvido dele como o chamado de um universo estranho; não reconhecia naquilo a marca de um mundo humano e fraterno. Aquele universo de dores simuladas e agudas preenchia-lhe a cabeça com um rumor envenenado que provocava vertigens.

Fora acordado bruscamente, numa hora inusitada, e ainda sentia vontade de dormir. Mas como conciliar o sono com aquelas malditas carpideiras ali do outro lado da parede? Elas não teriam piedade. Gohar tremia, sentia frio. Contraiu-se, deixou passar um longo momento, depois se levantou da cadeira. Resolvera sair.

Juntou o tarbuche que estava jogado num canto do quarto não atingido pela enchente, enfiou-o na cabeça, então apanhou a bengala e saiu para o corredor. A porta dos vizinhos estava escancarada; Gohar hesitou um bom tempo, com ar assustado. Seu instinto o aconselhava a ser prudente; temia o pior com aquelas comadres enfurecidas. Eram capazes de se enfurecer mais ainda ao ver um homem, por pura vaidade. Gohar estremeceu com essa idéia e, sem pensar, precipitou-se pela escadaria oscilante, levando consigo a visão furtiva de um monte de fêmeas gordas vestindo amplos *melayas*[1] pretos, acocoradas em círculo no chão com o rosto e as mãos tingidos de azul pela água com sabão. Batiam no peito lançando seus gritos demoníacos. Gohar teve de repente a sensação de que estava desmaiando e de que a escadaria sumia sob seus pés. Nunca soube como chegou até a rua.

---
1 Véu escuro e pesado usado pelas mulheres egípcias na dança Melaya Laff. (N. T.)

Era quase meio-dia. Na larga rua El Azhar, que transbordava uma multidão heterogênea e despreocupada, Gohar recobrou toda sua plenitude. Aquele era seu universo familiar, em meio àquela multidão indolente que se espalhava com indiferença pelas calçadas e ruas, apesar do tráfego intenso de carros, fiacres, charretes puxadas por burro e até bondes que corriam na velocidade de bólidos assassinos. O sol suave de inverno derramava seu calor benfazejo naquele fervilhamento inextricável. Alguns milhafres planavam no alto, mergulhavam na multidão e retomavam o vôo levando no bico um pedaço de carne estragada; ninguém reparava em suas engenhosas manobras. Grupos de mulheres paravam diante das lojas de tecido; discutiam em tom áspero durante horas a fio sobre a compra de algum lenço estampado. Crianças se divertiam irritando os motoristas, postando-se de propósito no meio do caminho. Os motoristas lançavam imprecações, amaldiçoavam as crianças e suas mães ausentes, e acabavam atropelando uma ou outra. Do interior de todos os cafés que sulcavam a rua, aparelhos de rádio difundiam a mesma voz lacrimosa de um cantor conhecido. A música que o acompanhava era lúgubre; quanto à letra, explicava longamente as mágoas e saudades de um amor contrariado. Gohar lembrou do vizinho morto, dos gritos estridentes das carpideiras, e apertou o passo. Mas não havia como escapar àquela voz enlutada, estava em toda parte, dominando o tumulto da rua.

Gohar deteve-se por instinto, como se pressentisse uma zona de doçura, uma promessa de alegria aprazível em meio ao confuso burburinho ao redor. Diante de uma loja vazia, avistou um homem de certa idade, com roupas cuidadas, sentado com dignidade numa cadeira e olhando para a multidão, indiferente e soberano. Tinha uma atitude majestosa, extremamente marcante. "Está aí um homem como eu gosto", pensou. Aquela loja vazia e aquele homem que não vendia nada representavam para ele um achado inestimável. A loja, Gohar imaginava, não passava de um cenário; servia para receber os amigos e oferecer-lhes uma xícara de chá. Era o cúmulo da opulência e da generosidade. Gohar o cumprimentou como se fosse um velho conhecido, e o homem correspondeu ao cumprimento com um sorriso suave, quase imperceptível, como se compreendesse que estava sendo admirado.

— Dê-me essa honra — disse o homem. — Digne-se aceitar uma xícara de café.

— Obrigado — disse Gohar —, fica para outra vez. Desculpe-me.

Eles se olharam um instante com um prazer evidente, quase com carinho, e então Gohar voltou a andar por entre a multidão. Estava completamente feliz. Era sempre a mesma coisa: aquele deslumbramento que sentia diante da absurda facilidade da vida. Era tudo irrisório e fácil. Bastava olhar ao redor para se convencer disso. A miséria fervilhante que o cercava não tinha nada de trágico; parecia encerrar em si uma opulência misteriosa, os tesouros de uma riqueza inacreditável e insuspeitada. Uma despreocupação prodigiosa parecia presidir o destino daquela multidão; todas as abjeções assumiam ali um caráter de inocência e pureza. Gohar sentia-se inflado por uma simpatia fraterna; a futilidade de toda aquela miséria se tornava mais evidente a cada passo e o encantava.

Um bonde amarelo atravessou a rua fazendo um barulho infernal; tocava sem cessar a campainha para abrir passagem em meio à multidão que obstruía os trilhos. Gohar passou próximo a um restaurante de favas cozidas; o cheiro da comida causou-lhe um vago mal-estar; parou, apoiou-se na bengala e esperou. Não, não era fome. A fome não tinha nenhum efeito sobre ele, podia sobreviver vários dias com um pedaço de pão. Aquilo era outra coisa. Deu alguns passos, compreendeu a natureza de seu mal-estar e ficou alarmado. A droga! Ele se esquecera da droga. A morte daquele vizinho ignorante perturbara seus hábitos: Gohar costumava despertar depois do cair da tarde; ainda era muito cedo para conseguir alguma droga. Seu único fornecedor era Yéghen, e só poderia encontrá-lo à noite. Agora seria impossível achá-lo. Yéghen não tinha residência fixa, não morava em lugar nenhum.

Como agüentaria até a noite sem droga? Aquela perspectiva o apavorou um pouco; ele ia sofrer, já sabia, e preparou-se com tranqüilidade para o sofrimento. Tirou do bolso um saquinho amassado de onde tirou uma pastilha de menta e se pôs a chupá-la devagar, concentrado. Não tinha o gosto acre da bolinha de haxixe, mas aquele simulacro foi suficiente para acalmá-lo.

Um pouco mais adiante, sorriu ao avistar o indefectível mendigo agachado em seu canto habitual. Era sempre o mesmo ritual se cumprindo: todas as vezes que passava por ele, Gohar estava sem dinheiro; então se desculpava, e uma conversa saborosa se estabelecia entre eles. Gohar o conhecia fazia muito tempo e apreciava a companhia dele. Era um mendigo bastante especial, no sentido de que não formulava nenhuma queixa e não padecia de nenhuma enfermidade. Pelo contrário, resplandecia de saúde, e sua *galabieh*[2] intacta estava quase limpa. Tinha um olhar penetrante que traía o mendigo profissional, capaz de julgar o cliente com um só olhar. Gohar o admirava por nunca ter sequer cogitado manter as aparências. Na confusão geral, ninguém parecia dar importância à sua con-

---
2 Túnica comprida de algodão branco. (N. T.)

dição de mendigo próspero e saudável. Em meio a tantos absurdos reais, mendigar parecia um trabalho como outro qualquer; aliás, o único trabalho sensato. Ele ocupava sempre o mesmo lugar, com a dignidade de um funcionário atrás de sua mesa. As pessoas lhe jogavam um óbolo ao passar. Às vezes ele interpelava o doador: deparara com uma moeda falsa. Iniciavam-se então discussões intermináveis, em que as ofensas tinham o peso da eternidade. Ele falava em chamar a polícia. Tudo acaba sempre a seu favor.

Gohar parou para cumprimentá-lo.

– Saudações – disse o mendigo. – Vi você de longe; estava te esperando.

– Me desculpe – respondeu Gohar. – Estou sem dinheiro; fica para a próxima vez.

– E quem disse que eu quero dinheiro?

– Por que não? Eu poderia pensar que está desdenhando de mim.

– Longe de mim – protestou o mendigo. – Fico encantado só de te ver; gosto de conversar com você. Com a sua presença, você vale mais que todos os tesouros da Terra.

– Quanta gentileza – agradeceu Gohar. – Os negócios vão bem?

– Deus é grande! – disse o mendigo. – Mas pouco importam os negócios. Há tantas alegrias na existência. Você não conhece a história das eleições?

– Não, nunca leio jornal.
– Essa não estava nos jornais. Contaram para mim.
– Então me conte.
– Pois bem. Aconteceu há algum tempo, numa aldeiazinha do Baixo Egito, durante as eleições para prefeito. Quando os funcionários do governo abriram as urnas, perceberam que a maioria das cédulas trazia o nome "Barghut". Os funcionários não conheciam aquele nome; não estava na lista de nenhum partido. Apavorados, foram até a central de informações e ficaram pasmados ao descobrir que Barghut era o nome de um burro muito querido em toda a aldeia, por causa de sua sabedoria. Quase todos os habitantes tinham votado nele. O que você acha dessa história?

Gohar respirou com ar alegre; estava satisfeitíssimo. "São uns ignorantes iletrados", pensou, "mas acabam de fazer a coisa mais inteligente que o mundo já viu desde que criaram as eleições." O comportamento daqueles camponeses perdidos nos rincões daquela aldeia era o testemunho reconfortante sem o qual a vida se tornaria impossível. Gohar estava prostrado de admiração. A natureza de sua alegria era tão penetrante que ele ficou um momento perplexo, olhando para o mendigo. Um milhafre veio pousar no meio da rua, a poucos passos dali, revolveu o chão com o bico em busca de algo podre, não achou nada e tornou a voar.

— Admirável! – exclamou Gohar. – E como termina essa história?

— É claro que ele não foi eleito. Imagine, um burro de quatro patas! O que o pessoal lá de cima queria era um burro de duas patas!

— Com essa história tão maravilhosa, você realmente merece ganhar alguma coisa. Alegrou o meu coração. O que posso fazer por você?

— Sua amizade me basta – disse o mendigo. – Imaginei que você fosse gostar.

— Você me deixa muito honrado – disse Gohar. – Até qualquer dia, espero.

Gohar dobrou à esquerda, penetrou numa viela sórdida, relativamente tranqüila, e se dirigiu ao Café dos Espelhos. Sabia que não ia encontrar ninguém por lá àquela hora do dia, mas gostava de fomentar milagres.

O Café dos Espelhos se localizava na esquina de duas vielas; ocupava a maior parte da rua de chão batido, proibida aos veículos pesados e na qual só se aventuravam os carrinhos dos vendedores ambulantes. Lonas imensas se estendiam sobre o terraço, como num mercado de rua coberto. Havia um número impressionante de espelhos, com molduras esculpidas e cobertas de douraduras, pendurados por toda parte, inclusive na fachada dos casebres vizinhos. O Café dos Espelhos era famoso por seu chá verde e pelo ecletismo de sua clientela, composta de carroceiros, intelectuais e turistas estrangeiros sedentos de cor local. Àquela hora, não havia muita gente. Gohar atravessou o terraço esgueirando-se por entre as mesas, procurando algum conhecido. Algumas figuras com ar importante fumavam tranqüilamente seu narguilé com gestos mínimos; outros jogavam triquetraque, degustando um copo de chá. Alguns poucos elementos da tribo dos catadores de bituca, despertos antes dos outros, entregavam-se ao trabalho com uma despreocupação bonachona; não temiam a concorrência.

– Saudações, mestre!

Gohar se virou; El Kordi estava se levantando da cadeira e lhe estendia a mão.

– Ora! – surpreendeu-se Gohar. – Você não foi ao ministério hoje?

– Fui, mas vim embora logo. Não conseguia trabalhar. Mestre, estou extremamente infeliz.

– O que foi desta vez, meu filho?

– Estou vindo de lá – disse El Kordi num tom misterioso. – Ela está mais doente que nunca. Deixei ela dormindo. – Então, vendo que Gohar continuava em pé: – Mas sente-se, mestre.

Gohar sentou-se; El Kordi chamou o garçom.

– O que você vai tomar?

– Chá – respondeu Gohar.

— Eu também – informou El Kordi.

O garçom saiu anunciando o pedido com voz cantada, voz de invertido. Gohar lançou a El Kordi um olhar com um brilho de malícia. El Kordi parecia extremamente infeliz, ou seja, estava fazendo de tudo para assim parecer. Era um rapaz de boa aparência, estava vestido com elegância, portava um tarbuche impecável, tinha olhos um pouco repuxados e uma boca sensual e amarga. A função de simples redator num ministério qualquer magoava sua alma romântica. Era fácil perceber que ele também era movido pela justiça.

— Não posso deixar ela assim – recomeçou depois de um tempo. – Preciso fazer alguma coisa. Me dê um conselho, senão eu me mato.

Gohar não respondeu de imediato. Ainda estava chupando a pastilha de menta, comprazendo-se com aquele simulacro que lhe fazia esquecer a obsessão pela droga.

— Se mata por quê?

— Você não entende. Preciso tirar ela daquele bordel. Não posso deixar ela se prostituir daquele jeito, doente como está. E a nojenta da dona, Set Amina! Nem deixa ela descansar. Quando penso em quanto dinheiro ela ganha para aquela mulher! Que vergonha! Vou me matar, estou dizendo.

Gohar não parecia muito impressionado com a confissão. Os problemas de El Kordi sempre tinham aquele caráter mórbido e sem compaixão. Naquele momento parecia carregar todas as dores do mundo. Mas era apenas um estado que ele se impunha de vez em quando para acreditar na própria dignidade. El Kordi achava que a dignidade era um atributo da infelicidade e do desespero. As leituras ocidentais tinham deformado seu espírito daquela maneira.

Os tormentos atuais de El Kordi tinham por origem o rosto patético de uma jovem prostituta que estava morrendo de tísica num bordel ali perto. Era um bordel bastante pobre, cuja clientela se constituía de pequenos funcionários e pândegos miseráveis da cidade indígena. No início, o rapaz dormira com ela duas ou três vezes sem dar muita importância ao fato; foi só quando soube que a jovem estava doente que El Kordi, sempre à espreita de uma injustiça social, apaixonou-se loucamente. Enfiara na cabeça que a tiraria do bordel e a salvaria de uma morte ignominiosa, mas não tinha dinheiro suficiente para empreender aquele tipo de salvamento. Sendo assim, não parava de imaginar soluções sublimes para seu amor infeliz. Naquele momento, escolhera o suicídio; mesmo assim, a idéia não parecia ser assim definitiva, já que perguntou:

— O que devo fazer?

Gohar calava-se; parecia estar se divertindo de um modo estranho. Em seu rosto impassível, somente os olhos refletiam sua alegria interior. Depois de algum tempo, disse:

— Escute, vou te contar uma história maravilhosa.

— Qual? — perguntou El Kordi.

Gohar contou-lhe a história do burro Barghut, eleito para cumprir as funções de prefeito graças à enorme sabedoria de alguns camponeses do Baixo Egito.

El Kordi esboçou um sorriso, mas emendou-se em seguida. Com certeza não era hora de ficar alegre. Pelo contrário, tinha que aproveitar a oportunidade para demonstrar a Gohar que existem coisas sérias na vida. De súbito, tornou-se veemente.

— Que horror — ele disse. — Que bárbaros!

— Você acha que são bárbaros?

— Acho. E o governo abusa da ignorância deles.

— Mas eles acabam de dar uma senhora lição a esse seu governo.

— Para começar, mestre, não é o meu governo — argumentou El Kordi, exaltado. — Além disso, conto com outros métodos para lutar contra a opressão. Você tem que admitir que existem coisas sérias na vida.

— Meu filho, onde você está vendo alguma coisa séria?

Instintivamente, El Kordi olhou ao redor, à procura de alguma manifestação de austeridade ou grandeza; mas seu olhar fisgou apenas o pequeno catador de bitucas, sujo e maltrapilho, que havia alguns instantes rodeava a mesa deles, escutando a conversa. Cumpria a tarefa com a solenidade de um ritual meticuloso e procedia à busca das bitucas até os recantos mais afastados. Irritado com aquela manobra, El Kordi se levantou e deslocou a cadeira para que o garoto pudesse inspecionar melhor o chão. Mesmo assim, ele não ia embora; parecia preso a eles por uma corda. El Kordi tornou a sentar-se e, olhando para o garoto, disse num tom irônico e ferino:

– E aí, meu bei, quer tomar um café com a gente?

– Obrigado – respondeu o garoto –, acabei de tomar uma xícara no Café Bosphore.

O Bosphore era um café opulento, do tipo burguês, no qual El Kordi nunca pusera os pés.

– Filho de uma cadela! – exclamou, furibundo. – Suma daqui antes que eu te esgane!

O garoto saiu fazendo uma careta de desprezo.

Depois que ele se afastou, El Kordi caiu na gargalhada.

– Mestre, você ouviu? Que espírito! Que criança maravilhosa!

Gohar sorriu e fixou no rapaz um olhar carregado de indulgente ironia. O que gostava nele era antes de tudo sua imensa futilidade. El Kordi era um revolucionário, tinha idéias sobre o futuro das massas e a liberdade dos povos; no entanto era fútil, e não conseguia fugir disso. Por mais que se insurgisse contra a opressão, que se achasse perseguido, ele e todo um povo, assim que se entregava a seu instinto, tornava-se superficial, comprazia-se nas ações mais frívolas.

Agora ele parecia esvaziado de amargura. O incidente do pequeno catador de bitucas aliviara-lhe os sofrimentos; entregava-se a uma alegria pueril. Sentia uma satisfação intensa pelo fato de estar com Gohar; com Gohar tudo ficava tão fácil. A presença de Gohar tornava ilusórias todas as dificuldades da vida; as piores catástrofes adquiriam um tom de brincadeira extravagante. Junto dele, El Kordi relembrava a própria infância.

— E a viagem, mestre?

— Estou pensando, meu filho.

— Você devia ir — recomendou El Kordi calorosamente. — Seria maravilhoso para você.

Ao falar sobre a viagem, Gohar fechou os olhos, como se a nostalgia de uma paisagem distante solicitasse toda a sua atenção. Ir embora, tomar o trem para a Síria. Era um sonho que acalentava havia tempos, o único sonho que ele se permitia, e isso porque estava ligado à própria fonte de sua beatitude. Na Síria, a droga não era sujeita a nenhuma proibição. Lá a maconha crescia livre pelos campos, como um simples trevo; qualquer um podia cultivá-la. Gohar descobrira um dia, acidentalmente, esses detalhes extraordinários, e desde então não parava de sonhar. Aquele pequeno país vizinho lhe parecia uma terra paradisíaca. Era mesmo injusto estar condenado a viver aqui quando, à distância de apenas poucas horas, a droga estava ao alcance de todo mundo. Gohar avaliava toda a extensão daquela injustiça; não conseguia perdoar o destino por tê-lo feito nascer do lado de cá da fronteira. Em seu íntimo, estava convencido de que nunca viajaria; entretanto acabara vivendo lá em pensamento. Para ele, a Síria se resumia a uma paisagem de capim verdejante, capim que não passava de droga em estado bruto, em sua primeira eclosão. Em certos momentos difíceis, quando estava muito tempo em abstinência, a simples evocação daquela paisagem bastava para embriagá-lo.

— Imagino perfeitamente você cultivando imensos campos de maconha — disse El Kordi.

— Primeiro eu teria que ir até lá — rebateu Gohar. — Isso não é fácil.

— Ah, sim, o dinheiro! Mestre, escute, queria te pedir um conselho.

— Estou ao seu inteiro dispor — assentiu Gohar.

El Kordi adotou um ar conspiratório para dizer:

— Pois bem! Então, preciso salvar aquela moça. Nem que para isso tenha que roubar. Está me ouvindo, nem que eu tenha que roubar. O que você acha?

Gohar refletia. Ele não tinha nada contra roubar; todo mundo roubava. No entanto, havia maneiras e nuanças que certamente escapavam a El Kordi. Tinha apreço pelo rapaz; não gostaria de vê-lo acabar na cadeia. Sentiria sua falta. Além disso, El Kordi não era capaz de desfrutar da segurança de uma cadeia, feriria sua alma e teria idéias bobas sobre a liberdade. Gohar, porém, julgou desnecessário explicar-lhe tudo isso.

— Você me surpreende — começou. — Um funcionário do Estado respeitável como você!

— O funcionário respeitável, como você diz, ficou sem a pena — retrucou El Kordi. — Sabia que o meu chefe de setor tirou a minha pena? "A coitada dessa pena do governo está enferrujando na sua companhia, meu caro El Kordi Efêndi. Acho que outros saberão fazer melhor uso dela." Foi o que ele me disse. Você está diante de um redator sem pena.

— Melhor para você — disse Gohar. — Meus parabéns.

Numa mesa vizinha, dois velhos xeques acometidos de cegueira total discutiam os méritos artísticos de uma mesquita famosa. Um deles acabou chamando o outro de falso cego. Aquele ultraje manifesto encerrou a conversa. Deixaram imediatamente a mesa e foram embora, cada qual para um lado, resmungando invectivas de alto teor literário. El Kordi parecia ter esquecido o projeto de virar ladrão, assim como esquecera de se suicidar. Já eram duas horas e ele não sabia o que fazer de sua tarde.

— Quer vir almoçar comigo, mestre?

— Não, eu nunca como a essa hora — disse Gohar. — Aliás, nem estou com fome.

Tinha que encontrar alguma droga; a obsessão estava ficando insuportável. Deu-se conta de que estivera aquele tempo todo na expectativa da chegada de Yéghen.

— Você viu o Yéghen hoje?

— Vi, sim, na casa da Set Amina, quando fui visitar Naïla. Estava dormindo no sofá da sala de espera. Não quis acordar ele, acho que passou a noite lá.

Gohar foi tomado pelo pânico. A idéia de que Yéghen estava em algum lugar e de que podia chegar até ele fez com que se levantasse de um salto.

— Vou ter que deixar você, meu caro El Kordi. A gente se vê à noite.

— Como assim? Vai me abandonar à minha triste sorte? – disse El Kordi, assumindo sua expressão mais lamentável.

— Desculpe, mas é preciso. Saudações!

Gohar atravessou o café com uma pressa febril. Alguns clientes o convidaram a sentar-se, porém ele recusou a oferta educadamente. Um pouco mais adiante, cuspiu a pastilha de menta que estava começando a lhe dar náuseas. A idéia da proximidade do haxixe lhe insuflava uma nova energia. Foi com passos leves que se embrenhou no dédalo das vielas margeadas de espeluncas caindo aos pedaços, fadadas ao desmoronamento.

II

A claridade do dia assaltou-o de súbito, brutal, deteve seu impulso. Seus olhos tinham se acostumado à penumbra do terraço, e agora estava desorientado naquele universo luminoso e móvel que se erguia à sua frente feito um obstáculo intransponível. A viela na qual enveredara era especialmente estreita e provida de múltiplas defesas. Alguns indivíduos, prostrados junto às paredes ou de pé em poses imutáveis, abusavam de sua inércia secular para desencorajar a circulação. Na soleira das espeluncas, o chão estava coberto de criancinhas de olhos viscosos, entregues às moscas, parecendo bichinhos rastejantes. Mulheres de cócoras lavavam seus trapos numas bacias grandes de lata; outras cozinhavam num fogareiro de querosene, barulhento como uma locomotiva. De tempos em tempos, lançavam à prole demasiado turbulenta invectivas que de tão sonoras e profundas excluíam qualquer indulgência.

Diante de todas aquelas barreiras acumuladas em seu caminho, Gohar sentiu-se tomado por uma vertigem. Jamais conseguiria abrir espaço naquela massa compacta, mais irredutível que uma cadeia de montanhas. Mas a idéia da droga e o medo de não encontrar Yéghen fizeram com que superasse a indisposição. Tratava-se, para ele, de uma questão vital; assim, sem esperar mais, lançou-se feito um cego e seguiu avançando sem se preocupar com os gritos e as maldições que suscitava ao passar. A única impressão que tinha era de que o ar à sua volta ficava mais pesado e que os cacos humanos que lhe barravam o caminho eram animados por uma indolência malévola. O prostíbulo não ficava muito longe, mas para Gohar parecia que a distância a percorrer estranhamente se espichava. Ele avançava feito um sonâmbulo, uma mão agarrada à bengala, a outra estendida à frente num gesto pueril de defesa. Um vendedor de rabanetes o chamou pelo nome e, com palavras impregnadas de nobreza, convidou-o a servir-se. Gohar não lhe deu atenção; tinha mais o que fazer além de comer rabanetes. Na pressa de encontrar Yéghen, chegava a se esquecer de sua polidez habitual.

Pouco depois, avistou de longe a casa e sentiu-se um pouco mais tranqüilo. O bordel de Set Amina não era, para Gohar, um lugar de prazeres fáceis; nunca ia lá como cliente, apenas para cumprir funções de alta importância literária. Na verdade, tratava-se de um trabalho excepcionalmente divertido e ao qual atribuía um valor simbólico. Redigir as cartas comerciais de Set Amina e, vez ou outra, as missivas amorosas de alguma prostituta iletrada, parecia-lhe uma tarefa digna de interesse humano. Desse modo, apesar da aparente decadência, ele ainda conservava aquele papel de intelectual onipotente que fora sua glória no passado, na época em que lecionava história e literatura na maior universidade do país. Mas aquilo que na época era tão detestável – todo aquele lado acadêmico de seu personagem –, aqui não tinha razão de ser. Naquele meio em que a vida se mostrava em estado bruto, não degenerada pelos conformistas e pelas convenções estabelecidas, Gohar não enganava ninguém; não tinha obrigação de desfiar eternas mentiras filosóficas em que infelizmente ele próprio acreditara naquele tempo.

Aquela liberdade de pensamento que era o atributo de seu novo ofício proporcionava-lhe uma fonte inesgotável de alegria, uma alegria generosa e sem medidas.

Os infinitos recursos de humanidade oferecidos por um prostíbulo do bairro indígena o mantinham em êxtase permanente. Como estava longe das tramóias estéreis e mortíferas dos homens e de sua obscura concepção sobre a razão e a vida! Aqueles espíritos brilhantes que admirara durante anos agora lhe pareciam corruptores baratos, desprovidos de qualquer autoridade. Ensinar a vida sem vivê-la era um crime da mais detestável ignorância.

Aliás, daquele trabalho aceito como servidão menor ele só tirava um modesto benefício, já que por aqueles serviços de altíssimo nível Set Amina lhe retribuía vez ou outra com uma simples moeda de dez piastras. Essa era a renda de Gohar, e lhe bastava abundantemente para viver. A habitação custava uma quantia módica; quanto à alimentação, os comerciantes do bairro ofereciam-na com o maior prazer tudo o que era necessário para sua subsistência. Achavam-se todos sob o encanto de sua conversa; alguns até o consideravam uma espécie de profeta e tinham apreço especial por sua visão de mundo serena. Mas Gohar nunca abusava dessas afortunadas disposições. Nunca pedia nada. Se acontecia de aceitar, era principalmente para não ofender os generosos doadores.

Deteve-se, ofegante.

Por trás da grade coberta com plantas trepadeiras que a ocultavam dos olhares indiscretos, a casa tinha uma aparência burguesa, com uma fachada acanhada pintada de amarelo, um andar térreo e um superior. Um pátio pequeno de chão batido, cheio de detritos, separava-a da viela. Gohar abriu o portão, segurou a bengala pelo meio, ajeitou o tarbuche na cabeça e subiu a escada que levava ao térreo com toda a segurança de que podia dispor. A porta estava trancada por dentro; Gohar deu duas batidas com a bengala e esperou, prendendo a respiração. Nada se mexeu; a casa parecia deserta. Um silêncio de mau augúrio pesou sobre a sua alma. Decerto não havia ninguém. Talvez Yéghen já tivesse ido embora havia muito tempo! Uma onda de ansiedade o percorreu, todos os seus órgãos pararam de funcionar ao mesmo tempo, como se estivessem sob efeito de uma picada mortal.

Depois de um bom tempo, a porta enfim se abriu e Gohar respirou. A mulher à sua frente estava vestida igual a uma boneca de açúcar numa banca de feira. Usava um penhoar de seda cor-de-rosa de mangas curtas, com amplas ramagens verdes bordadas; seu rosto estava carregado de maquiagem e os braços, cobertos de pulseiras de ouro. Longos cabelos castanhos emolduravam seu rosto de estranha e primitiva beleza, semelhante às figuras populares pintadas nas paredes dos cafés indígenas. Seus olhos exageradamente escurecidos com *kohl*[3] pareciam artificiais. Gohar a conhecia; era uma residente nova que viera de sua aldeia natal fazia pouco tempo. Tinha uns 16 anos, talvez, e se chamava Arnaba. Desde que chegara, todos os clientes a disputavam; esperavam horas até ela estar disponível.

Gohar cumprimentou-a, e ela sorriu. Quando sorria, parecia uma garotinha fantasiada de mulher.

– É você – disse ela. – Entre. Não tem ninguém. Set Amina saiu para fazer compras na cidade. Levou as meninas com ela.

Gohar entrou no vestíbulo que fazias as vezes de sala de espera. Deparou-se mais uma vez com a penumbra e sentiu um alívio nos nervos exaltados. Mas ainda não estava totalmente tranqüilo: não via Yéghen em lugar nenhum.

– O Yéghen não está? – perguntou.

– Estava dormindo até agora há pouco aqui no sofá – disse a moça, olhando ao redor. – Deve ter ido embora.

A decepção fez com que Gohar ficasse lívido. Ia perguntar se ela sabia para onde Yéghen fora, mas mudou de idéia.

– Vou esperar. Quem sabe ele volta.

– Pode esperar se quiser.

---

[3] Sombra de cor escura cujo uso remonta ao Egito Antigo. Aplicada nas pálpebras, nos cílios e nas sobrancelhas, servia para realçar os olhos e também para espantar mau-olhado. (N. T.)

– Você está sozinha?

– Estou. Não fui junto porque queria lavar o cabelo. Aliás, já me arrependi. Elas foram de fiacre.

Ela pareceu hesitar um instante, depois entrou num dos quartos que davam para o vestíbulo e fechou a porta atrás de si. Gohar ficou sozinho. Lançou um olhar à volta, procurando um lugar para sentar. A sala de espera, com paredes vazias, fora mobiliada de maneira sumária e meio que provisória. Havia apenas um sofá coberto com uma capa de cor indefinida, quatro ou cinco poltronas de ratã e uma mesa redonda em cima da qual repousava um grande cinzeiro. Era a decoração banal dos prostíbulos do bairro indígena. No momento, livre da clientela heterogênea e da atmosfera de luxúria e alegria fácil, exalava uma impressão penosa. Gohar deu um suspiro, escolheu uma poltrona e sentou-se. A tristeza sombria daquela sala de espera atuava sobre ele de um modo pérfido, quase ultrajante. Nunca viera àquela hora do dia; portanto tudo naquele lugar lhe parecia estranho e hostil. Segurou a bengala entre as pernas, tirou do bolso mais uma pastilha de menta e pôs-se a chupá-la com certo nojo.

A obsessão pela droga atenuara-se um pouco, como se o fato de estar num lugar onde Yéghen estivera constituísse uma garantia, uma certeza moral contra o destino. Pensou nele com um carinho genuíno.

A afeição e a simpatia que nutria por Yéghen não tinham na droga a única motivação; sentia por ele o amor que se tem por uma idéia viva. Yéghen era um poeta miserável, levava uma vida sem honra e sem glória, feita de mendicância e alegres tumultos. O uso imoderado da droga levara-o várias vezes à cadeia. Corria a seu respeito uma lenda infame: suspeitava-se que atraiçoara e entregara à perseguição policial seus próprios fornecedores de droga. Essa reputação de dedo-duro prejudicava-o bastante entre os traficantes; todos desconfiavam dele. No fundo, era difícil detectar o que era de fato verdadeiro naquele boato, já que Yéghen nunca se dera ao trabalho de justificar-se. Fosse como fosse, ele permanecia sempre, mesmo na traição, cheio de humor e generosidade. Sempre fiel a si próprio. Sua capacidade de não fazer caso das torturas do espírito e dos remorsos da consciência tornava-o uma companhia deliciosa. Em momento nenhum ficava diminuído pela indignidade de seus atos; aceitava todas as abjeções do destino com um otimismo feroz. Era um sujeito sem dignidade, mas isso não o impedia de viver. O que Gohar admirava nele era antes de tudo seu verdadeiro sentido da vida: a vida sem dignidade. Estar vivo era o que lhe bastava para ser feliz.

Gohar sorriu à lembrança de El Kordi, do exagero de seus problemas, mais fictícios que reais, e de sua busca constante por uma dignidade humana. "O que existe de mais fútil no homem", pensou, "é essa busca por dignidade." Aquelas pessoas todas procurando ser dignas! Dignas de quê? Se a história da humanidade não passava de um longo pesadelo sanguinário, era só por causa de besteiras daquele tipo. Como se o fato de estar vivo não fosse em si uma dignidade. Somente os mortos são indignos. Gohar apreciava apenas os heróis vivos. Esses decerto não se preocupavam com dignidade.

Voltar ao quarto estava fora de questão; as carpideiras ainda deviam estar soltando seus gritos demoníacos. A visão daquelas fêmeas monstruosas possuídas por uma dor mercenária o fez estremecer. Sentia a cabeça pesada e mal conseguia manter as pálpebras erguidas. A casa estava imersa num silêncio insidioso que invadia Gohar como um narcótico. Não fosse o desejo de ver Yéghen chegar, já se teria deixado arrastar pelo sono. No entanto, cerrou os olhos na intenção de recolher-se e tentou controlar seu crescente mal-estar.

Passaram-se alguns momentos; ele não ouviu a moça abrir a porta.

– Você está dormindo?

Gohar abriu os olhos. Arnaba estava em pé, parada na soleira da porta. A luz forte do dia, que inundava o quarto, desenhava através do tecido do penhoar as linhas do corpo nu e firme da moça. Gohar teve um momento de hesitação, pensou que estava sonhando, e então disse:

— Não, estava só descansando.

— Queria que você escrevesse uma carta para mim — pediu ela.

Vinha agora na direção dele, ainda emoldurada pela luminosidade da porta. À medida que avançava, a luz enfraquecia à sua volta e logo a visão de sua nudez foi tragada pela penumbra. Gohar esfregou os olhos; estava incrivelmente perturbado por aquela aparição lasciva. Enfim a moça parou diante dele, com um sorriso enigmático nos lábios pintados. De fato parecia uma garotinha perversa.

— Quer escrever uma carta para quem?

— Para o meu tio, que mora no interior. Ainda não escrevi desde que cheguei aqui. Ele deve estar preocupado.

Gohar calou-se. Escrever uma carta não era, naquele momento, um exercício fácil; sentia-se incapaz de concentrar-se ou mesmo de segurar um lápis. Desagradava-lhe, contudo, negar um favor. Arnaba pareceu perceber a hesitação e a interpretou à sua maneira:

— Eu vou te recompensar — informou.

— Eu escrevo a carta — disse Gohar. — Você tem o material?

– Tenho. Obrigada pela gentileza. Venha comigo, vamos ficar melhor aqui.

Levantou-se com dificuldade e seguiu-a até o quarto. Era o quarto de uma prostituta de paga razoável, com uma cama grande de ferro, um sofá, uma cadeira e um armário com espelho. Cheirava a pó-de-arroz e perfume barato. A cama coberta com um edredom verde-pistache não estava desfeita: o trabalho ainda não começara. Gohar precipitou-se para fechar as persianas; seus nervos doloridos clamavam por penumbra; era a única proteção contra a dor. Arnaba vasculhou o armário, de onde tirou uma folha de papel e um lápis que entregou a Gohar, depois sentou-se na beira da cama e se pôs a observá-lo com extrema curiosidade.

Gohar deixou-se cair no sofá, guardou a bengala perto de si e se preparou para escrever. Esperava Arnaba lhe ditar o que a carta deveria informar, mas ela parecia ter esquecido o motivo da presença dele. Comportava-se como uma pessoa que pretende se divertir bastante. Mantinha o sorriso de garotinha perversa.

– Você queria falar com o Yéghen?

– Queria – disse Gohar. – Estou precisando dele para um negócio.

– É muito urgente?

– Extremamente urgente. Mas não faz mal, ele vai acabar voltando.

– Lamento que ele não esteja. Quem sabe não demora muito.

O sofrimento de Gohar tornou-se insuportável; irradiava por todo o corpo à mera menção do nome de Yéghen.

– Você conhece ele bem? – perguntou.

– Quem, o Yéghen? Ah, ele me diverte bastante. Parece que é poeta. Foi ele quem me disse.

– É verdade – disse Gohar. – Um grande poeta, até.

– Que engraçado! Me diga uma coisa: os poetas têm o costume de pedir dinheiro às mulheres?

De súbito, Gohar ficou particularmente interessado. Não tinha conhecimento de que Yéghen também exercesse a profissão de cafetão. Aquilo era novidade.

– Por quê? Ele te pediu dinheiro?

– Pediu. Me contou uma história comprida sobre a mãe dele. Parece que ela morreu e que ele precisa de dinheiro para o enterro. Ele me confessou que estava guardando o cadáver há uma semana. O que você acha?

Gohar por pouco não caiu na gargalhada, apesar da tragicidade da situação. Tinha certeza de que não havia nenhuma verdade naquela história; conhecia Yéghen o suficiente para saber que ele era capaz de inventar qualquer coisa para arrancar algum dinheiro de seus diversos admiradores. A imaginação de Yéghen, quando se tratava de conseguir dinheiro, principalmente para comprar droga, às vezes chegava à demência.

– E você deu?

– Eu não sou boba – disse a moça. – Mando todo o dinheiro que ganho para o meu tio, que foi quem me criou. Ele recomendou que eu tomasse cuidado com os gigolôs.

– Você é uma moça séria – disse Gohar.

– Você está zombando de mim – respondeu a moça, rindo.

– De jeito nenhum. Estou sendo sincero.

Gohar refletia. O interesse apaixonado que a vida movimentada de Yéghen sempre lhe despertara levava-o a considerar nos mínimos detalhes o mecanismo de seus empreendimentos malucos. Para além daquela história, de um humor negro incontestável, havia uma realidade de miséria e penúria que era impossível ignorar. Que Yéghen tivesse chegado ao ponto de pedir dinheiro sobre um falso cadáver da mãe não o espantava tanto assim: ele o supunha capaz de coisas muitíssimo mais cínicas. Aquilo podia significar simplesmente que estava sem nenhum outro recurso. Havia portanto uma grande possibilidade de que o próprio Yéghen estivesse sem droga. Gohar ficou aterrorizado com a descoberta. De repente, teve vontade de sair daquele quarto e correr à procura de Yéghen; mas não fez nada disso.

Olhou para a moça.

Ela estava sentada na beira da cama com as pernas entreabertas, com o penhoar solto em volta do corpo e os seios rijos despontando através do tecido feito duas romãs maduras. Gohar mirava-a com um olhar indiferente, apesar de estar perplexo com a beleza da moça. Naquela penumbra com eflúvios de luxúria recente, ela adquiria uma importância surpreendente. O sorriso que vagava em seus lábios pintados parecia querer atraí-lo para alguma armadilha. Gohar estava sem ar. A proximidade daquela carne jovem atrevidamente oferecida fazia brotar dentro dele um desejo muito vago, quase abstrato. Havia muito que ele já não desejava dormir com ninguém; banira qualquer cumplicidade carnal com os seres. A vida dele estava confinada às coisas mais simples, não mais sujeita aos arrebatamentos da paixão; transcorria sem sobressaltos, como um sonho sereno. Havia apenas a droga. De novo, a intolerável necessidade de droga tocou-lhe a consciência, fez com que ofegasse de leve. Quanto tempo ainda teria que esperar? Tinha a sensação de que seus órgãos vitais estavam se soltando, ficando frouxos e sem consistência. Fez um esforço imenso sobre si mesmo, conseguiu controlar as convulsões que lhe sacudiam o corpo. Precisava esclarecer uma dúvida o quanto antes.

– Quando ele te pediu dinheiro?
– Hoje de manhã – respondeu a moça. – A gente conversou um pouco. Ele parecia triste, desanimado.
Já não havia a menor dúvida: Yéghen só ficava triste e desanimado quando estava sem droga. Era o único caso em que o otimismo dele fraquejava. Gohar, por um instante, esteve prestes a sucumbir ao desespero, porém a confiança no talento ilimitado de Yéghen o salvou. No fim das contas, Yéghen sempre dava um jeito de encontrar alguma droga; tinha mil maneiras de resolver o problema. Gohar acreditava em milagres. Não nos milagres grandiosos e sem alcance imediato, mas nos milagres simples da vida cotidiana. E a droga era um deles.
– O que você quer que eu escreva para o seu tio?
Arnaba abandonou o sorriso lascivo e as atitudes de garotinha e assumiu um ar circunspecto e profundo.
– O que a gente costuma escrever – respondeu. – Diga a ele que eu vou bem, que gosto daqui e que estou trabalhando bastante. Acho que é suficiente.
Gohar abaixou a cabeça e fingiu que escrevia, mas na verdade ainda não estava em condições de fazê-lo. Pusera a folha de papel no colo, segurava o lápis com uma mão trêmula e torturava sua mente para encontrar uma frase inicial. Afinal, aquele homem não era o tio dele. Como uma prostituta se expressaria ao escrever

para o tio? Gohar hesitou entre várias frases. Não tinha nenhum conhecimento em matéria de sentimentalidade familiar.

Ergueu a cabeça e olhou novamente para a moça. O desejo que o tocara de leve havia pouco não deixara nenhum vestígio dentro dele; aquele corpo abandonado sobre o edredom verde-pistache numa atitude lânguida e provocante já não o interessava em absoluto. Outra coisa captava toda sua atenção: as pulseiras de ouro que cobriam os braços nus da garota.

Aquelas pulseiras de ouro tinham desencadeado nele uma emoção considerável, já não conseguia parar de contemplá-las. No intervalo de alguns segundos, sentiu um ofuscamento; levou a mão à testa, sacudiu-se, lutando com todas as forças contra a fascinação de um pensamento detestável que se insinuava dentro dele contra sua vontade. Com um desespero feroz, tentava expulsá-lo da mente, entretanto ele resistia a todas as súplicas. Aquele ouro todo representava o valor de uma quantidade infinita de droga, o suficiente para mergulhar em serenas delícias durante meses, quem sabe até anos. Gohar tentou avaliar a quantidade exata que daria para comprar com uma fortuna daquelas, porém a imensidão da tarefa o desanimou e ele desistiu dos cálculos. O sonho de viajar ressurgiu, não como um projeto distante, mas com toda a intensidade de uma ação realizável. Ir embora para a Síria tornava-se uma realidade próxima e tangível. Imaginou nos mínimos detalhes aquela viagem à terra de seus sonhos, onde a maconha crescia livre nos campos como trevos. A sedução que essas imagens de outro mundo exerciam sobre o cérebro de Gohar quase o levava ao delírio. Por um momento, viu-se atirando-se sobre a garota para lhe arrancar as pulseiras; no entanto, nesse exato momento, Arnaba moveu o braço e o tilintar das pulseiras de ouro no silêncio do quarto o assustou. Saiu de súbito do torpor e se pôs a escrever febrilmente.

Arnaba experimentava um sentimento de vaidade jocosa; não tinha dúvida de que a atitude estranha de Gohar era uma manifestação de cobiça carnal. Sabia que era bonita, e os tremores do homem só lhe pareciam explicáveis pelo desejo que ela despertava. Era uma moça de aldeia, ignorante e primitiva, destituída de qualquer nuança, enredada nos princípios de uma sexualidade primária. Para ela, o desejo de Gohar era o único motivo de sua perturbação, e pretendia dormir com ele como agradecimento.

Gohar escrevia silenciosamente, fazendo muito esforço para concentrar-se. Não obstante a trivialidade das frases empregadas, era-lhe penoso elaborar as orações. Uma angústia estranha à sua natureza o atormentava. Poucos momentos antes se comprazia na absurda tentação de entregar-se à violência. No entanto, a violência era o que havia de mais distante de seu pensamento. Como chegara àquele ponto? Tinha a impressão de não ser mais ele mesmo, que um outro o substituíra para cometer um delito que ele próprio reprovava com todas as forças. Parecia que uma fatalidade insólita teimava em empurrá-lo para fora do caminho, para a aventura insensata dos homens.

— Não se esqueça de dizer para ele que vou mandar algum dinheiro em breve.

Gohar teve um sobressalto; quando não estava prestando atenção, a moça escorregara dissimuladamente para junto dele, no sofá. A súbita presença ao seu lado o apavorou; um medo terrível tomou conta dele.

— Que dinheiro? — perguntou com ar aturdido.

— Vai me dizer que não sabe que dinheiro!

— Sim, claro. Desculpe, estou meio atordoado.

Apesar de todo seu poder carnal, Arnaba nunca imaginara que seus encantos pudessem enlouquecer um homem daquela maneira; a vaidade a incitou a aumentar sua vantagem. A tarde se anunciava muito mais deleitosa que o passeio de fiacre na companhia de Set Amina e das outras garotas; em determinado momento, ela se arrependera de não ter ido; agora, encontrara algo melhor. Aproximou-se um pouco de Gohar, inclinou a cabeça no ombro dele, como se tentasse decifrar a carta, e com uma mão experiente acariciou-lhe o joelho. Pelo estremecimento de todos os membros de Gohar, compreendeu que ele estava no limite; pôs-se então a rir de forma nervosa e infantil.

— Você escreve bem — disse ela. — Dá para ver que esteve na escola.

Ele respondeu sem olhar para ela:

— É. E você, não foi à escola?

— Por que eu teria ido à escola? — respondeu Arnaba em tom de desprezo. — Eu sou uma prostituta. Quando a gente tem um belo traseiro, não precisa saber escrever.

— Você tem razão — disse Gohar. — Nunca escutei nada tão acertado.

— Você está sempre zombando de mim. Mas não faz mal, acho você muito bonzinho.

O perigo estava se tornando mais palpável, mas estranhamente sua própria iminência o tornava quase irreal. Uma espécie de embotamento tomara conta de Gohar. Entregue ao fascínio das pulseiras de ouro, não reagia mais aos toques da moça. Aquelas pulseiras tinham adquirido, aos olhos dele, um valor imaterial; representavam a droga de que estava privado desde aquela manhã.

Ele concluiu a carta com pressa.

— Você vai assinar?

— Não — disse a moça. — Escreva o meu nome, simplesmente. Eu me chamo Arnaba.

— Eu sei — disse Gohar. — É um bonito nome.

Ele assinou a carta, perguntou à moça o endereço do tio e o anotou no envelope. Pronto, tinha acabado; podia ir embora, escapar àquela tentação mórbida.

— Está aqui a carta — disse ele.

— Eu sou muito grata. Fique com ela, você mesmo pode colocar no correio. Eu dou o dinheiro para o selo.

Gohar ainda não ousava se mexer, retido por não se sabe que laços perniciosos. Morria de medo de ouvir o tilintar das pulseiras; todo o seu ser estava tenso, receando aquele ruído nefasto. Em certo momento, suspeitou que a moça estivesse fazendo de propósito gestos irrefletidos com os braços. Será que percebera alguma coisa? Não. Ela já teria alertado a vizinhança toda com seus gritos; não era suficientemente forte para jogar aquele jogo.

Arnaba foi a primeira a levantar-se; deu uns passos pelo quarto, caiu na gargalhada, e então se aproximou de Gohar e disse:

— Você pode dormir comigo se quiser.

Ele sentiu que se afogava, como no sonho daquela manhã, e que as águas tumultuosas do rio em cheia o engoliam nas profundezas. Desesperado, tentou flutuar, salvar ao menos um pouco de sua lucidez. Foi em vão. Nada subsistia de seu incomensurável desejo de paz. Apenas a vontade selvagem de apropriar-se das pulseiras resistia à debandada de sua consciência. Em sua alucinação, avistava, para além das pulseiras, os vastos campos de maconha se estendendo ingenuamente sob a imensidão do céu. A visão era tão aguda, tão premente, que Gohar prendeu a respiração. Pensou que ia cometer um crime, e aquilo lhe pareceu simples e fácil. Era preciso, sim, matar a moça; não via outro jeito de arrancar-lhe as pulseiras. Aquela certeza o encheu com uma calma assustadora.

O rosto da jovem prostituta denotava preocupação; ela não estava mais sorrindo. Pela primeira vez, olhava para Gohar com desconfiança. As manifestações daquele desejo que ela não compreendia começavam a parecer-lhe suspeitas. Mas a ansiedade não durou muito tempo. Com sábia lentidão, tirou o penhoar, jogou-o em cima da cadeira e surgiu toda nua aos olhos desorientados de Gohar. Então se aproximou dele, agarrou-o pelo braço e tentou arrastá-lo para a cama.

– Vem. Vamos, depressa.

Gohar desvencilhou-se bruscamente; as pulseiras de ouro da garota fizeram um barulho de trovão ao se chocarem, e ele sentiu o coração parar de bater. Um suor frio afogava-lhe os membros. Estremeceu, ergueu-se num salto, arrastou-a para a cama e abateu-se sobre ela. Suas mãos tinham agarrado a garganta da moça antes que ela tivesse tempo de gritar. Ela arregalou os olhos, repletos de surpresa; ainda não entendera o que estava acontecendo. Gohar não agüentou o olhar e virou a cabeça para o lado. Apertou os dedos com todas as suas forças vacilantes. A jovem estendeu as pernas para a frente num gesto extremo de defesa. Gohar fechou os olhos. Houve um longo silêncio, repleto de trevas, durante o qual Gohar relaxou insensivelmente o aperto. A cabeça da moça caiu no edredom com um ruído surdo; estava morta.

Ele se levantou com dificuldade; ofegava. O corpo nu de Arnaba jazia atravessado na cama numa pose ridícula e obscena. Precisava agora livrá-la das pulseiras, e era o que havia de pior naquele empreendimento insano. Gohar soergueu o braço da moça, pegou uma das pulseiras e tentou deslizá-la pelo pulso. Nesse momento, sentiu um choque, recobrou de repente a consciência e soltou um gritinho desarticulado, semelhante a um estertor.

Acabara de perceber algo incrível: as pulseiras de ouro não passavam de bijuteria vagabunda. Nunca tinham sido de ouro, e Gohar sempre soubera disso. "Até uma criança saberia", refletiu. Como fora capaz de cometer um erro tão grosseiro? Não entendia. As pulseiras valiam talvez umas poucas piastras, e ele chegara ao assassinato para usurpá-las.

Agora estava muito calmo. O choque do equívoco o trouxera de volta à realidade. Deixou de lado o cadáver da moça, juntou o tarbuche, que rolara para baixo da cama, pôs a carta no bolso e dirigiu-se para a porta. A sala de espera continuava sombria e deserta. Aparentemente ninguém estivera ali durante todo aquele tempo. Gohar desceu a escada devagar, saiu na viela sem nenhuma apreensão e, com muita naturalidade, cumprimentou um transeunte que não conhecia por simples cortesia.

Com aquela história toda, não encontrara Yéghen. Onde Yéghen estava enfiado? A pergunta o preocupou por um bom tempo.

III

O lampião de querosene difundia sua luminosidade parcimoniosamente adequada até o limite da mesa. Com seu olhar míope, Yéghen tentava captar, no escuro, o rosto da mãe; só enxergava as velhas mãos ressecadas cerzindo uma camisa de homem: decerto um serviço para alguma família burguesa da cidade. A mediocridade da ingrata tarefa o irritava como uma ofensa pessoal; sobretudo porque ela se empenhava em torná-la triste. Quanta gravidade, quanta seriedade nos gestos! Como se se tratasse de criar um mundo misterioso e melhor. Parecia que ela desejava, com aquele humilde trabalho, afiançar o mito de uma pobreza respeitável. Que ilusão!

 Yéghen riu, sarcástico. O que o levava, naquela noite, a olhar para o rosto da mãe? Uma idéia idiota e doentia. Fazia alguns instantes que vinha tentando descobrir, através dos anos e rugas do rosto materno, alguma semelhança com o próprio rosto. Abriu os olhos ao máximo, perscrutou a escuridão além da zona luminosa do lampião; nada, o rosto da mãe permanecia inapreensível. Apelou para a memória, tentou lembrar-se dos traços dela; era impossível representar para si uma imagem válida. Um buraco negro. Como se ele nunca tivesse olhado para ela durante aqueles anos todos. Exasperou-se diante do nada absoluto de sua memória, quis pedir-lhe que se inclinasse um pouco para a luz, mas conteve-se. Não queria perturbá-la inutilmente. Até sentiu um arroubo de generosidade em relação a ela: "Deve ter sido muito bonita. Eu devo ser mais parecido com o meu pai". Tampouco guardava alguma lembrança do pai. Chegava a ser engraçado! Aquelas pessoas que o tinham posto no mundo, com quem vivera durante vários anos, ele tinha agora a impressão de nunca tê-las visto de perto.

 Mas por que naquela noite estava particularmente preocupado com sua feiúra? Não costumava se olhar no espelho. Por medo, admitiu para si mesmo. "Por acaso eu estaria com medo de mim?" Deu outra risada de escárnio. Cretinos! Com que raiva continuavam zombando dele nos jornais e revistas literárias da capital. Ele se tornara a chacota de todo o Oriente culto. Aqueles jornalistas infames não lhe davam nenhuma folga; quem sabe ganhavam um bônus especial toda vez que destacavam sua feiúra naqueles artigos cheios de veneno. E o bastardo do caricaturista que publicara um desenho dele com um trocadilho: "Feio de graça". Yéghen julgava esses ataques fraquíssimos, dignos quando muito de criancinhas. Será que os idiotas achavam mesmo que conseguiriam perturbá-lo com aquele tipo de bobagem? Não o conheciam; sua feiúra era antes de mais nada uma força da natureza.

 Isso talvez fosse verdade em qualquer lugar, mas não perante um juiz do tribunal correcional. Aí estava o ponto fraco. Ele era indefensável. Até os coitados dos advogados indicados para sua defesa perdiam a pouca dignidade que tinham, ficavam quase mudos de espanto. Balbuciavam um vago arrazoado sem nunca olhar para ele. Que bando de castrados, esses advogados! Ele os desprezava mais que tudo. Com exceção de um, de quem guardava uma lembrança inesquecível. Esse homem – de coragem sem precedentes, ou então simplesmente um humorista – encontrara um jeito de falar do rosto de Yéghen como a própria face do gênio incompreendido. Durante uma hora. O juiz não achou graça; só parecia sufocado, incapaz de compreender. A arenga do advogado se encerrara num silêncio de estupefação e dúvida. O juiz não conseguia acreditar; olhava à volta com uma expressão aturdida, como se tivesse saído de um sonho. Por fim voltou a si e pronunciou a sentença.

A condenação daquela vez foi mais severa que de costume: oito meses. Mas Yéghen estava contente; divertira-se feito um capeta.

Aqueles períodos na prisão não eram nem um pouco desagradáveis para um espírito como o dele, capaz de adaptar-se às circunstâncias. Eram antes uma espécie de repouso após as incessantes canseiras da vida nômade. A cada um desses retornos, ele reassumia seu posto: contador da administração penitenciária. Aquele emprego, cuja prioridade tácita era dele, proporcionava-lhe certa liberdade de movimento. Yéghen passava ali por grande administrador. Suas capacidades estavam longe de ser ignoradas nas altas esferas; era elogiado por isso. Tudo aquilo era ridículo, mas fazia com que Yéghen se divertisse a valer. Assim que chegava, o edifício detestável, feito para agastar os homens, ecoava um alegre tumulto. Suas brincadeiras, seus rasgos de humor, encantavam os companheiros, a maioria propensa à tristeza inerente àquela condição.

Os próprios carcereiros perdiam o costumeiro mau humor, permitindo-se certa bonomia. O diretor da prisão – ardente admirador de seus poemas – tinha o maior prazer em conversar com ele e o recebia em sua sala com a deferência devida a um ministro. Assim, para Yéghen, a vida na cadeia continuava como lá fora. Em certo sentido, até bem melhor; sem preocupações de ordem material. Tinha casa, comida, a companhia dos detentos, um mais extravagante que o outro, cheios de histórias saborosas em que o humor competia com a violência. A liberdade era uma noção abstrata e um preconceito burguês. Nunca fariam Yéghen acreditar que não era livre. Quanto à droga, também não tinha do que se queixar. O haxixe circulava no interior da prisão tão facilmente como na cidade; com dinheiro dava para consegui-lo de mil maneiras.

Sua reputação de poeta tinha lhe angariado um imenso prestígio entre os companheiros iletrados. Era ele quem realizava – simulacro horroroso – o casamento dos detentos. Verdade que a feiúra o preservava de um perigo real: seria preciso ser cego para querer sodomizá-lo. Felizmente não havia cegos na prisão.

Quis mais uma vez desvendar o mistério daquele rosto que se esquivava no escuro. Tudo se embaralhava diante de seu olhar míope. Afastar o lampião? Aquela zona luminosa criava entre eles uma espécie de deserto intransponível. Trepidou na cadeira, soltou uns gemidos de criança doente. Não houve nenhuma mudança de atitude do outro lado da mesa; ela nem sequer estremeceu.

Aquilo saiu quase à revelia:

— Mãe!

Ela manteve-se quieta, como se aquele chamado – quase um grito – não pudesse alcançá-la no mundo de dor e resignação em que se enleava. Continuava cerzindo a camisa, pobre velha fazendo um serviço humilde mas honesto. Toda aquela atitude tendia a provar que havia profissões honestas. Ela era um exemplo; ele que soubesse aproveitar. Era de fato exasperante a maneira que usava para lhe dar lições de moral. Quem ele achava que era?

— Mãe!

Houve uma parada brusca dos dedos, a agulha ficou meio enfiada na camisa. Um silêncio de eternidade planou pela sala. A mãe continuava calada; parecia ter medo de quebrar o encanto se falasse. Finalmente saiu do mutismo e perguntou, resignada:

— O que é?

— Mãe, me diga, eu era bonito quando menino?

A malignidade da pergunta! Ele sabia que a estava submetendo a um terrível dilema de consciência! O que ela ia fazer? Pôr-se a chorar ou responder? Yéghen só podia supor o pânico que tomava conta dela. Ele continuava enxergando apenas as mãos ressecadas, agora quietas na beirada da mesa. Quis deixá-la ainda mais perturbada, adiantou o rosto à luz do lampião para que ela pudesse julgar melhor aquela máscara de escárnio humana. Agora não podia mais se esquivar; ele a pegara. Ele deu um sorriso travesso que expôs os dentes compridos e estragados, dando ao rosto um aspecto monstruoso.

Ele realmente não tinha como alegrar um coração de mãe.

Ela pareceu emergir de um torpor milenar, olhou para o filho com amor e piedade. Era um homem de 35 anos, perdido na vida igual a um menino. Mais inconsciente, mais vulnerável que um menino. Ela teve um instante de hesitação que Yéghen saboreou deliciado. "Deve estar fazendo um esforço tremendo", pensou. No fundo de si mesmo, não tinha dúvida quanto à resposta.

— E então, mãe?
— Você era bonito, sim – disse ela.
— Mas não é possível! Como fui mudar tanto?
— Você não mudou – disse a mãe.

Ela devia estar louca. Yéghen sentiu-se tentado a ir olhar-se num espelho. Por um momento, acreditou que um milagre tinha transformado seu rosto. Mas não, era muito mais simples que isso. Deveria saber que aos olhos de uma mãe um macaco possui a graça de uma gazela. Era inútil ficar tecendo ilusões. Não era sequer piedade; era uma resposta arrancada à fibra materna. Teve a impressão de que ela estava feliz com a própria resposta e que acreditava nela sinceramente.

– E o meu pai?
– O que tem o seu pai?
– Ele era bonito?
– O seu pai era um homem honrado.
– Que piada!

Yéghen trepidava de alegria. Seu pai! Quantas vezes ela não lhe repetira que seu pai era um homem honrado? No entanto, por culpa dele estavam reduzidos à miséria. Herdeiro de uma grande família de proprietários de terra, dilapidara a imensa fortuna no jogo e em orgias fabulosas. Ao morrer, deixara apenas dívidas. Yéghen era muito pequeno na época; a morte do pai, a ruína, afetaram-no muito pouco. Sabia pelos boatos das inacreditáveis extravagâncias do pai. Um homem que precisava de pelo menos três mulheres na cama para sentir-se bem. Um legítimo potentado oriental.

A mãe nunca falara sobre ele, considerava o assunto indecente: não se deve julgar o marido. Devia acreditar que sofrer pelo marido era uma sina inelutável e digna de inveja. Yéghen nunca a ouvira pronunciar uma só palavra de censura referente ao defunto; continuava pensando que era um homem honrado. "A riqueza desculpa tudo", refletiu. "As minhas temeridades a incomodam porque têm a marca da miséria." Pobre não tem direito de portar-se mal. Esse axioma constituía para ele a única verdade neste mundo.

Para sobreviver, ela estava agora reduzida àquela tarefa humilhante: remendar a roupa de algumas famílias burguesas que tinham pena de seu infortúnio. Todos aqueles anos de lutas amargas, com o filho inútil e marcado por um horrível destino, não a fizeram mudar de idéia quanto à inqualificável conduta do marido. Ele não tinha sido um homem rico e respeitado? Isso desculpava tudo. Tal fidelidade para com a classe dos possuidores era realmente impensável para Yéghen. Era a única coisa que ainda a mantinha viva. A lembrança do defunto não tinha outro objetivo senão conservar esse respeito à riqueza.

No subsolo, naquela sala com o piso defeituoso, a umidade escorria pelas paredes. Um bafo de segurança burguesa ainda persistia, apesar da lenta decomposição dos móveis, da miséria pérfida e atuante. Dentre a miscelânea de objetos imersos na escuridão, destacava-se, encostado à parede, um opulento aparador de madeira habilmente esculpida que ela conseguira salvar do desastre. O aparador criava na sala aquela atmosfera misteriosa que tanto oprimia Yéghen. Teria preferido dormir na rua a morar naquele lugar miserável que transpirava respeitabilidade! Parecia-lhe que, com todo aquele tamanho, o aparador – massa informe no escuro – o ameaçava. Yéghen estremeceu. Fazia frio, e não havia nada para aquecer aquela caverna gelada além do pequeno fogareiro a álcool no qual cozinhava a sopa. Sentiu que a tristeza o invadia; era o que mais temia quando vinha visitar a mãe. Ela era muito hábil na arte de destilar tristeza; tecia desventura como a aranha tece a teia.

Yéghen sacudiu-se, como se tentasse espantar o frio. Teve a sensação de que algo roçava-lhe a perna e percebeu um doce ronronar: o gato. Por onde andara escondido? Abaixou-se para pegá-lo, ajeitou-o no colo e pôs-se a acariciar o pêlo do bichinho. Ele ronronava, com os olhos fixos em Yéghen, à espera de alguma coisa. Um dia Yéghen resolvera lhe dar, de brincadeira, uma minúscula bolinha de haxixe, e desde então dera outras sempre que tinha oportunidade. Devia ser o único gato do mundo que se entregava aos entorpecentes. Parecia ter tomado gosto por aquele gênero de guloseima; estava começando a se irritar e querer arranhar. Yéghen se via numa situação delicada; só tinha com ele uma quantidade modesta de droga; não fazia sentido dividi-la com o gato. Fantasia tem limites. Mas como fazer com que ele entendesse?

Conseguiu livrar-se do gato e, mais uma vez, olhou para a mãe. Ela retomara o trabalho, indiferente, ao que parecia, a tudo o que não fosse seu sonho interior. Decerto sonhava que vivia com o filho – um filho honesto e trabalhador – uma existência tranqüila, na dignidade e no respeito às leis. Yéghen intuía esse sonho, podia até adivinhar o exato desenrolar das imagens. Pensou de repente em seu achado mais recente, naquele supremo recurso de seu talento inventivo. Se a mãe acaso adivinhasse que ele ia começar a pedir dinheiro para o enterro dela! Ficou tentado a lhe contar, só para ver a cara que ia fazer. Será que o amaldiçoaria? Ela nunca lançara mão desse privilégio. A maldição de uma mãe! Yéghen não conseguiu evitar cair na risada.

Ela subitamente parou de costurar, parecendo surpresa e chocada.

– Como você pode rir assim, meu filho?

– Você queria me ver chorando?

– Não tem vergonha de zombar da minha miséria?

– Mãe, não é isso. Foi só uma idéia que eu tive.

– Eu não entendo – disse ela com azedume. – Nunca vou entender. Como você pode rir nesta casa miserável!?

Era principalmente isto que ela não podia lhe perdoar: a frivolidade dele diante da miséria. Nunca parecia levar a miséria a sério. Ela queria vê-lo envergonhado e resignado, passando a vida a se chatear. A miséria era um estado sagrado, como ele podia rir?

Em todo caso, estava na hora de escapulir; o clima começava a ficar insustentável. Ele se encolheu na cadeira, recolheu-se mais na escuridão, e riu. O pior ainda estava por fazer.

– Mãe! – ele disse com voz chorosa.

Já que não queria vê-lo rir, pois bem, ele podia chorar se fosse preciso.

– O que mais você quer?

– Mãe, você não poderia me dar cinco piastras?

Ela soltou um suspiro de animal acuado.

– De novo! Quando você vai entender que eu sou pobre?

– Eu sei, mãe!

– Mas não parece.

– Se eu não soubesse, teria pedido muito mais.

– Que cinismo, meu Deus! E pensar que o seu pai era um homem tão honrado!

Era fatal. Yéghen conhecia o ritual; teria que ouvir tudinho, negociar até o fim.

– Deixe o meu pai em paz. Preciso desse dinheiro.

– Só tenho o dinheiro do aluguel. Se você quer comer, tem sopa de lentilha.

Comer aquela sopa! Jamais. Antes morrer de fome. A sopa que ela preparava era o ultraje supremo ao otimismo dele; fedia a boas intenções e a miséria respeitável. Nunca conseguiria engolir. Todas as humilhações, menos essa. Aliás, a comida pouco lhe importava.

— Não é para comer — ele disse.

— Infelizmente não tenho frango para te oferecer.

— Não se trata de frango, mãe. Eu simplesmente não estou com fome.

Ela sabia que ele se drogava, mas se proibia de fazer a mínima alusão ao fato; preferia discutir sobre coisas fúteis, como aquela sopa de lentilhas que queria fazê-lo engolir à força. Yéghen adivinhava o fundo do pensamento dela; achava que ele precisava de dinheiro para comprar droga. Isso lhe lembrou um episódio detestável ocorrido naquela mesma tarde, e ele grunhiu de raiva. Um policial com quem cruzara na rua o aliviara de um bom pedaço de haxixe sob o vago pretexto de uma batida. Esses procedimentos de sacripanta deixavam-no furioso, principalmente porque não tinha como se defender. Que raça maldita, essa dos policiais. Aquele haxixe todo que recolhiam aqui e acolá e que, segundo eles, jogavam no rio! Burros eles não eram. Na certa vendiam tudo no mercado, e mais caro que os traficantes.

Era inegável que, além da droga e da comida, um homem precisava ter algum dinheiro no bolso. A situação de parasita e mendigo não impedia Yéghen de ser pródigo; pelo contrário. Provavelmente herdara do pai aquela propensão às despesas faustosas. Gostava de se dar ao luxo de pagar para os outros, de ajudar os mais desafortunados que ele – Gohar por exemplo. Sabia que Gohar estava sempre sem dinheiro e nunca pedia nada, não por dignidade, mas por mera indiferença para com as coisas materiais. Yéghen se sentia na obrigação de ajudá-lo, na medida de seus parcos recursos. Era a única criatura que nunca se ofuscara com sua feiúra moral ou física. A única criatura com quem se sentia em perfeita harmonia. Gohar não era reformador nem moralista; aceitava as pessoas do jeito que eram. Não encontrara em mais ninguém essa particularidade de sua natureza; a maior parte das pessoas se esforçava para dar conselhos, como sua mãe. No fundo, nisso a mãe se parecia com a maioria dos seres humanos.

Ficou com medo de sentir pena e deu uma risada. Não, não era mau com ela. Ela se defendia à sua maneira e era, em alguns aspectos, até mais forte. Nenhuma força no mundo poderia abalar sua obstinação diante do infortúnio. Ela se comprazia na tristeza, não compreendia que alguém pudesse rir apesar da mais grave indigência.

Yéghen sabia que ela acabaria por ceder e dar-lhe o dinheiro. Só se fazia rogar assim para poder mantê-lo mais tempo junto de si; ela acreditava no contágio do exemplo. Todo aquele amor, aquela doçura envolvente, tinham por único objetivo levá-lo a inclinar-se diante das exigências da miséria. Coitada! Ignorava que dera à luz um monstro de otimismo.

Já bastava; dedicara-lhe tempo suficiente.

– Você vai me dar o dinheiro?

Ela ficou um longo tempo imóvel, tomada pelo desânimo. Então ia perdê-lo de novo. Aquele filho lamentável e desnaturado não deixava de ser o último vínculo que ela mantinha com os vivos; e jamais conseguiria segurá-lo, trazê-lo de volta para o caminho certo. Ele sempre lhe escorregava entre os dedos, criatura inapreensível, presa do demônio. A única coisa que guardaria dele era o riso; aquele riso que era como uma blasfêmia à miséria dela. Não podia entender tamanha insensibilidade diante do que lhe parecia ser a única dignidade do universo: a submissão no infortúnio. Ela ainda ouviria por muito tempo, naquela casa sinistra, aquele riso mais terrível que um grito de revolta. Talvez pudesse admitir a revolta, mas não o escárnio.

Não tinha dúvida de que todos os sacrifícios seriam em vão; o dinheiro era o menos precioso de seus dons. Ela privara-se de tudo por ele; só lhe restava a própria vida para lhe dar. Por que ele não lhe tomava a vida? Será que um dia viria assassiná-la? Da parte dele, esperava de tudo.

— Você vai acabar me matando — ela disse.

— Claro que não, mãe. Que idéia mais dramática! A vida é mais simples que isso. Me dê o dinheiro e eu vou embora. Só isso. Não há nada trágico, eu garanto. Onde está o drama? Só você para acreditar que o mundo é sério. O mundo é alegre, mãe! Você devia sair, se divertir um pouco.

Ela olhou para o filho sem surpresa, como se acabasse de ouvir o discurso de um louco, cujas divagações havia muito lhe eram familiares. Fazer o quê, meu Deus! Deu um suspiro e levantou-se. Com um andar hesitante, como se apoiasse em muletas invisíveis, adentrou na escuridão da sala, onde sua forma enrugada se desfez. Yéghen mal a avistava. Deteve-se diante da massa sombria do aparador, abriu uma gaveta e pôs-se a vasculhar.

Yéghen reteve a respiração. O instante era de assassinato premeditado; mas um assassinato de brincadeira. Até quando ela acreditaria que podia mortificar-se com aquelas cenas patéticas, de elevada moralidade burguesa?

Passados alguns instantes, ela retornou e pôs uma moeda em cima da mesa.

— Tome, beba o meu sangue!

Que trágica! E que pena o mundo inteiro não estar em condições de assistir a uma cena daquelas. Um espetáculo realmente edificante. O filho desnaturado oprimindo a velha mãe! Faria rolar muitas lágrimas. Yéghen deu uma risada, apanhou a moeda, colocou-a no bolso e se levantou para sair.

– Saudações, mãe!
– Mesmo assim, fique para comer – disse ela. – É uma sopa boa.
– Hoje não, mãe. Estou sem fome. Mas prometo voltar outro dia para te levar num restaurante chique. Depois a gente vai dançar num cabaré. Você não gostaria de ir a um cabaré admirar as dançarinas do ventre? Mãe, você vai ver, a vida é bela.

Continuação do capítulo III

Ele emergiu do subsolo feito um mergulhador que retornava de alguma profundeza lamacenta, e respirou com prazer o ar da noite. Enfim se via livre daquele ambiente de podridão respeitável! Tudo naquele pardieiro abjeto estava terrivelmente adulterado, tornara-se impermeável à alegria. Por quê, meu Deus? Será que a alegria era atributo exclusivo dos ricos? Erro fundamental. A alegria se encontrava até na prisão, Yéghen sabia melhor que ninguém. No entanto, essa verdade tão simples virava motivo de suspeição aos olhos da mãe, que só via nela torpeza e preguiça. Desconfiava de qualquer alegria gerada em meio a tormentos; não seria um insulto a sua miséria? É claro que, para além daquela complacência no infortúnio, havia de fato um sofrimento real, que Yéghen não procurava negar. Ele até lhe seria sensível se ela não usasse para convencê-lo todo aquele formalismo de idéias tristes e vis. Ela sufocava dentro dele qualquer sentimento de carinho; impedia-o de amar com simplicidade, obrigando-o a defender-se dos fantasmas de uma miséria cujo aspecto ilusório e frívolo ele reconhecera havia muito tempo.

 Yéghen fugia pelas ruas com a impressão de estar sempre acuado por essa mãe de amor envenenado que queria expulsar de dentro dele toda despreocupação. Sob a iluminação baça dos postes de luz, a silhueta baixa e raquítica e o andar saltitante faziam com que parecesse um imenso pássaro noturno. Naquele bairro neutro, meio-termo entre os bairros populares e a cidade européia, poucos transeuntes faziam uma aparição fugidia; sumiam na noite como personagens vislumbrados num pesadelo. Yéghen diminuiu o passo, refletiu sobre que direção tomar. Precisava fazer um longo desvio para chegar ao bairro de El Azhar sem atravessar a cidade européia. Em circunstância nenhuma gostava de aventurar-se naquela cidadela do lucro e do tédio. Para ele, a falsa beleza das grandes artérias, onde fervilhava uma multidão mecanizada – da qual estava excluída toda vida verdadeira –, era um espetáculo particularmente odioso. Detestava os prédios modernos, frios e pretensiosos, que lembravam sepulturas gigantescas. E as vitrines violentamente iluminadas, repletas de objetos inverossímeis de que ninguém precisava para viver. Sem contar que lá ele podia ser notado com facilidade. Era como se estivesse numa cidade estrangeira cujos costumes desconhecesse. À menor palavra, ao menor gesto, as pessoas se viravam quando ele passava. E a polícia era mais bem organizada por lá: tinha que proteger toda aquela extravagante riqueza. Do quê? E de quem? Yéghen não entendia os motivos que causavam tal receio: estavam tão bem entrincheirados em sua riqueza que certamente a ninguém ocorreria roubá-los.

Entrou numa rua à direita e prosseguiu com passo saltitante à luz intermitente dos postes.

Há de se dizer a favor de Yéghen que – característica bem rara entre os poetas – não se considerava um gênio. Achava que a genialidade carecia de alegria! Para ele, o imenso efeito de desmoralização que certos espíritos ditos superiores exerciam sobre a humanidade parecia provir da pior das criminalidades. Sua estima se voltava de preferência às pessoas comuns, que não eram nem poetas, nem pensadores, nem ministros, eram simplesmente pessoas habitadas por uma alegria nunca extinta. O valor verdadeiro de cada ser, para Yéghen, media-se pela quantidade de alegria contida em cada um. Como era possível ser inteligente e triste? Nem mesmo perante o carrasco Yéghen poderia impedir-se de ser frívolo; qualquer outra atitude lhe teria parecido hipócrita e impregnada de dignidade. Assim era com sua poesia; era a própria linguagem do povo em meio ao qual ele vivia; uma linguagem em que o humor florescia apesar das piores misérias. A popularidade de Yéghen na cidade indígena se equiparava à do exibidor de macacos e à do manipulador de marionetes. Até considerava que seu mérito não chegava ao nível do desses animadores públicos; sua ambição era ter sido um deles. Não havia nele nenhuma semelhança com o homem de letras, preocupado com a carreira e a reputação imortais; não almejava nem glória, nem admiração. Os poemas de Yéghen eram feitos de simples palavras cotidianas; estavam ao alcance da compreensão tanto de uma criança como de um adulto, eram sentidos com um instinto infalível da vida no que ela tem de mais autêntico.

Era lúgubre e doentia, aquela rua interminável com lojas fechadas, onde os postes de luz se alinhavam como uma comprida procissão funerária. Yéghen apertou o passo. Tinha pressa de chegar ao Café dos Espelhos, tomar um chá de menta naquele ambiente de suaves lengalengas e alegre despreocupação. De súbito, teve uma espécie de iluminação e parou. As horas! Que horas seriam? Será que ainda havia tempo de ir ver a moça? Como podia ter esquecido? Assustou-se e pôs-se quase a correr.

Não tinha como informar-se das horas; naquela rua deserta, não havia ninguém à vista. Yéghen estava entrando em desespero quando avistou um homem saindo por um portão. Era um sujeito de boa corpulência, vestido à moda européia e agasalhado com um casaco preto pesado, de corte perfeito. Tinha o aspecto de quem possuía um relógio.

Yéghen diminuiu o passo e aproximou-se do homem.

– Meu bei, você poderia me dizer que horas são?

O homem puxou negligentemente do bolso um relógio grande de ouro e consultou-o.

– Quinze para as sete – disse. – A que horas sai o seu trem?

– Não tem trem nenhum – disse Yéghen. – Eu tenho um encontro com a minha amante.

O homem olhou bem para Yéghen, balançou a cabeça várias vezes e disse:

– É bem possível, meu caro!

– É mesmo muito possível – afirmou Yéghen.

E, sem agradecer o homem, retomou a corrida interrompida.

Figura infame! Parecia duvidar de que ele pudesse ter um encontro com a amante. Mas era verdade, ou quase.

Chegou a tempo de vê-la passar: nunca voltava antes das sete. Parou a alguns passos da casa, postou-se à beira da calçada num lugar escuro entre dois postes de luz. Naquela rua bem animada, algumas lojas ainda se achavam abertas; dois ou três vendedores ambulantes, com o carrinho carregado de frutas e iluminado por lamparinas fumegantes, exaltavam seus produtos com voz cavernosa. Não longe dali, havia um café; apesar da distância, Yéghen percebia nitidamente o ruído dos dados raspando a madeira: jogadores de triquetraque. Esperava com terrível excitação, com o olhar voltado para a direção de onde a moça devia vir.

O primeiro encontro fora fortuito, por mero acaso. Uma noite, Yéghen, sob a deliciosa influência da droga, andava por aquela rua quando a viu surgir à luz de um poste como uma magnífica aparição. Seus olhares se cruzaram, e ele pensou ler no dela uma promessa e um impulso aos quais não estava habituado. Aquele olhar denotava uma inteligência apta a apreciar o mistério; em lugar do recuo motivado por uma tolice assustada, demonstrava o consentimento diante da evidência viva. Aquele fora o único olhar de mulher em que Yéghen sentira não pena nem sarcasmo, mas um conhecimento instintivo da natureza humana no que ela tem de mais horrível. Suspeitava que ela fosse filha de algum funcionário do governo; tinha uns 16 anos, talvez, e estudava piano; Yéghen sabia disso pelos cadernos de música que a moça levava de modo ostensivo debaixo do braço. Ela se pavoneava feito uma princesa em visita aos bairros pobres. Com aqueles cadernos de música, é verdade que destoava estranhamente da paisagem. Naquele bairro, ter aulas de piano era algo tão raro, tão incongruente, que se estava arriscado a amotinar a multidão. Yéghen se espantava de não ver as criancinhas das redondezas perseguirem-na com gracinhas. Decerto sua postura, mais que o cargo do pai, lhes impunha respeito. Ele próprio sentia suores frios cada vez que tentava abordá-la. Decidira fazê-lo naquela noite, porém de um jeito, pode-se dizer, indireto. Tratava-se de um poema que compusera em sua homenagem e que queria lhe transmitir de modo elegante e original.

Yéghen sempre procedia segundo a mesma tática: quando a via de longe, punha-se a andar na direção dela, e assim o encontro parecia resultar do acaso. Mas será que ela acreditava nisso? Da última vez, lançara-lhe um sorriso cúmplice, como se dissesse que compreendera a manobra. Concluíra daí que agora ela esperava mais ousadia da parte dele. Yéghen custava a acreditar naquela conquista. "Ela não sente nenhum nojo olhando para mim", pensava. "É de fato uma moça corajosa!" Ou era apenas muito míope? Por segurança, dava um jeito de o encontro sempre acontecer sob um poste de iluminação. Queria a luz plena, de modo a não haver perspectiva de erro. Ela estaria assim devidamente avisada de sua feiúra. Que não viesse depois dizer que não tinha enxergado direito na escuridão noturna. Yéghen regozijava-se por dentro cada vez que ela lhe lançava um olhar, com o rosto bem em evidência na zona luminosa do poste de luz. Devia pensar que ele se achava bonito, e que ao mostrar-se em plena luz tentava subjugá-la com seus encantos físicos.

A moça estava demorando. Talvez já tivesse chegado em casa; ou quem sabe hoje não tinha aula de piano? Yéghen estava começando a cansar-se daquela espera prolongada; permanecia imóvel no escuro, entregue ao rigor do frio e aos olhares hostis dos transeuntes, que decerto o confundiam com algum ladrão planejando um delito. No fundo, aquela espera era bem arriscada. No café vizinho, o raspar dos dados cessara; agora sobressaía uma conversa confusa, da qual Yéghen só percebia uns fragmentos. Um vendedor de batatas despertou do torpor e pôs-se a gabar com voz grossa da qualidade de sua mercadoria; empregava termos tão voluptuosos que parecia descrever os encantos de uma moça impúbere. Alguns indivíduos passaram ao lado de Yéghen, detiveram-se um instante para observá-lo e seguiram caminho meneando a cabeça.

Ele a viu chegar de longe e soltou um suspiro de alívio. Aquela parada prolongada num bairro de pequeno-burgueses desconfiados podia terminar mal; achava bom acabar logo. Hesitou por um momento e então se pôs a andar, calculando o trajeto para que o encontro se desse fatalmente sob o poste. Com a consciência inata de sua fealdade, Yéghen não podia aspirar à sedução; entretanto avançava com a fisionomia satisfeita do homem amado e isento de dúvida. No fundo, contava com a extravagante feiúra para forçar a admiração da moça.

Desastre! Esquecera o poema que lhe dedicara. Onde estava? Vasculhou os bolsos, tirou diversos pedaços de papel, pensou ter encontrado. "Tomara que seja esse", pensou. Senão, azar: não havia tempo para conferir. Ela já estava chegando, como um ser etéreo, uma aparição vinda da fumaça do haxixe, tão próxima, tão real porém tão distante.

Ela entrou na brancura difusa do poste de luz com um passo leve e preciso, cabeça erguida, olhos fixos à frente, dominando a rua com uma espécie de desdém que abarcava o bairro inteiro. Tinha na cabeça uma boina de veludo azul e vestia um casacão da mesma cor, com um cinto de couro preto. Aquela elegância européia acentuava ainda mais o insólito de seu andar altivo. Os cadernos de música que apertava com força debaixo do braço davam-lhe um ar de estudante compenetrada. Tudo nela proclamava uma altivez ingênua e um desprezo absoluto pelo que a cercava.

Ela passou bem perto de Yéghen sem alterar o passo, fingindo ignorá-lo totalmente. Quanto a ele, tinha quase parado sob o poste; mostrava o rosto em plena luz, a boca torta numa contração que pretendia ser um sorriso atraente. Mas dessa vez a careta burlesca foi desperdiçada. Ela nem sequer se dignou dirigir-lhe um olhar.

Yéghen, decepcionado com aquele modo de agir, ainda andou alguns passos, então deu meia-volta e correu atrás dela. Sentia-se prestes a provocar um tumulto se necessário. Como ousava ignorá-lo?

– Senhorita, você perdeu isto.

Ela parou, desconcertada, com ar sério e um pouco assustado. A questão se complicava para ela; não imaginara que ele teria a coragem de abordá-la. Por puro instinto, estendeu a mão; Yéghen entregou-lhe o pedaço de papel contendo o poema e afastou-se a toda pressa, sem se virar.

Tudo se passara sem incidentes; o plano fora magistralmente bem-sucedido. Como ela reagiria à leitura do poema? Yéghen pensava com muito prazer no próximo encontro com a moça.

IV

O oficial de polícia Nour El Dine entrou na sala de espera, fechando atrás de si a porta do quarto em que o médico-legista ainda examinava o cadáver da prostituta assassinada. Ficou imóvel por um instante, com o olhar severo e cheio de desconfiança, depois inspecionou a sala com lentidão estudada, como se buscasse o culpado. Fazia parte da rotina; é claro que o culpado não se encontrava na sala. Contudo, ante a frieza daquele olhar, todos os presentes se encolheram na cadeira, e durante alguns segundos fez-se um silêncio assustador.

Estavam ali todas as moças da casa, além de três clientes que vieram por conta própria colocar-se naquela situação sinistra. Não possuíam nenhum motivo para temer; apareceram ali como de costume e um guarda os recolhera e mantivera como reféns. Desde então, não pararam de reclamar, repetindo que tinham mais o que fazer e que estavam com pressa. Entretanto as queixas não faziam o menor efeito sobre o horrível policial que vigiava a porta de entrada. Estavam agora conversando sobre suas respectivas posições na sociedade, dando a entender que um equívoco cometido contra suas pessoas poderia desencadear um escândalo de alcance internacional.

– Vou me dirigir a um ministro amigo meu – disse um deles, o mais deplorável.

Os outros dois se calaram; tinham sido superados; não achavam nada para equiparar ao ministro. Pensaram por um momento em aventar relações com o rei, mas pareceu-lhes um pouco exagerado e contentaram-se em mencionar ligações vagas com figuras bem posicionadas.

Incontestavelmente, porém, o elemento mais espetacular do grupo era Set Amina, a proprietária. Estava prostrada numa ponta do sofá, com uma das mãos apoiada na face, legítima imagem da inocência martirizada. Lamentava-se em voz lacrimosa, soltava suspiros de cortar a alma e invocava Deus para testemunhar seu infortúnio.

– Que dia mais negro! O que foi que te fiz, meu Deus!

Nour el Dine, depois de lançar vários olhares panorâmicos – sempre aquela estúpida rotina – foi na direção dela com passo decidido; parecia extenuado e prestes a mandar prender todo mundo.

– Pare com esses fingimentos, mulher! – disse num tom firme.

Set Amina calou-se como por encanto. Engoliu os lamentos e fez-se humilde e submissa. De boba não tinha nada: era inútil se indispor com as forças da autoridade. Percebia a gravidade da situação; dessa vez, corria o risco de ter a casa fechada para sempre. Um crime! Aquilo podia significar o fim de sua carreira.

– Então – prosseguiu o oficial –, o que você tem para me contar?

– O que eu poderia ter para contar, excelência? Pela minha honra, não sei de nada. Saí a tarde toda para fazer compras com as meninas. Quando voltamos, fui até o quarto da Arnaba para mandar ela se aprontar. Foi quando dei com ela morta na cama. Gritei bem alto e todas as meninas vieram ver o que estava acontecendo. Que Deus preserve o senhor, meu bei, de uma cena como essa! Meu sangue ainda está todo revirado nas veias!

— Muito me surpreende, mulher! Abandonar a casa desse jeito e ir passear na cidade. Não é possível! Achei que você fosse mais séria.

— Era o dia de passeio das meninas. Elas precisam tomar um pouco de ar.

— E por que essa moça, Arnaba, não foi com vocês?

— Não sei, excelência! Ela tinha lá os seus caprichos. Como era novata, eu não gostava de contrariar. Trabalhava direitinho, isso é o que importava.

— A que horas vocês voltaram?

— Lá pelas seis.

— Não havia ninguém em casa, tirando a menina Arnaba?

— Não, excelência! Mais ninguém.

— Na sua opinião, pode ter sido um cliente?

— Que idéia, meu bei! Os meus clientes são todos gente de bem. Seriam incapazes de matar uma mosca.

— E você é muito capaz de matar uma mosca, mulher sem-vergonha! Não me espantaria que fosse você a assassina.

Diante dessa acusação direta, Set Amina ergueu os braços em sinal de desespero e quis retomar o papel de carpideira; mas o oficial a deteve a tempo.

— Diga: você sabe se ela tinha dinheiro guardado?

— Não tinha nenhum. Eu é que guardo todo o dinheiro.

— Está certa disso?
— Perfeitamente, meu bei!
— Muito bem, mulher! Cuido de você mais tarde. Eu te aconselho a ficar sossegada.

O oficial de polícia franziu o cenho e pareceu bastante perplexo. Desde as primeiras constatações, esbarrara nesta coisa esquisita: o assassinato não tinha o roubo como motivo; nada fora roubado. Tampouco era obra de um sádico. O médico-legista fora categórico: o cadáver da prostituta não apresentava nenhum vestígio de tortura ou aviltamento. A garota fora simplesmente estrangulada, de modo limpo e clássico. Caso estranho! Pela primeira vez Nour El Dine se achava diante de uma tarefa árdua: resolver o enigma de um crime gratuito. Um crime gratuito num ambiente daqueles, no entanto, parecia-lhe impensável. Um crime gratuito implicava raciocínios muito elaborados, uma inteligência dissimulada que só um indivíduo letrado — ou mesmo conhecedor da cultura européia — podia pôr em execução. Era o tipo de crime que a gente encontrava nos livros ocidentais. O olhar entediado do oficial percorreu mais uma vez os presentes, procurando um indivíduo razoavelmente inteligente a quem pudesse imputar o crime. Mas nenhum deles correspondia àquela bela descrição; estavam longe de oferecer a menor semelhança com o assassino fantasioso descrito nos livros. Nour El Dine sentiu-se tão só com aquele crime gratuito nas mãos que se assustou por um momento. Aproximou-se de uma poltrona junto à mesa, sentou-se, cruzou as pernas e preparou-se para acender um cigarro.

Escravidão da rotina: teria que interrogar aquela gente toda. Puro desperdício, sabia de antemão. O que se poderia tirar daquele grupo de pessoas deploráveis, todas já tremendo à idéia de perder a honra? Medir forças contra tais adversários era trabalho sem interesse. Nour El Dine chegava a revolver-se de nojo; uma morna lassidão devastava-lhe a alma e paralisava qualquer iniciativa. Na verdade estava preocupado com um problema de ordem sentimental e privada. Fora chamado para cuidar desse caso num momento crucial de sua existência, um momento que pretendia dedicar à mais exigente das paixões. Aquele desencontro com o jovem Samir assumia em seu espírito as proporções de uma catástrofe. Não parava de pensar naquilo. Conhecendo a suscetibilidade do rapaz, não vislumbrava nenhum meio de fazer-se perdoar por sua grosseria. Ele certamente se mostraria intratável no próximo encontro. Será que aceitaria um próximo encontro? Aquela angustiante questão se infiltrava no cerne de todas as atividades, sem lhe dar trégua. Nem mesmo a irrupção de um crime gratuito em seu pálido universo conseguia distraí-lo de sua inquietude.

Apesar das aparências, o oficial de polícia Nour El Dine era um admirador apaixonado da beleza. Esse ofício que se via obrigado a exercer em meio à escória acabava se tornando odioso e, de certa forma, extenuante. Ser reduzido a sempre chafurdar na lama dos bairros populares, na companhia de delinqüentes menores e criminosos limitados e em estado de selvageria, ofuscava-lhe o senso estético e o fazia muito infeliz. No entanto, acreditava na profissão; nutria uma crença integral no nobre trabalho da polícia. Apenas teria preferido cuidar de belos crimes, perpetrados por assassinos inteligentes e de espírito refinado. Em vez disso, estava sempre em contato com criaturas horríveis e sem educação.

Que homem não teria sentido amargura ao ver seu ideal assim ultrajado? Tirania do destino! Nour El Dine sentia-se sufocar; abriu a parte superior da túnica, libertando o pescoço machucado pela rigidez da gola. Aquele gesto tão contrário ao uso regulamentar propiciou-lhe certo apaziguamento. A contragosto, voltou o pensamento para o interrogatório. Quanto às moças, tinham todas um álibi incontestável. Não havia necessidade de interrogá-las: eram uns animais de carga, estúpidas e iletradas; só complicariam o trabalho. Restavam os três clientes, cuja insignificância saltava aos olhos; por simples rotina os submeteria a um interrogatório e os mandaria embora. Não havia dúvida de que nenhum deles era o assassino. Nour El Dine estava cada vez mais convencido – talvez porque o desejasse com toda a alma – de que o assassino era um homem de outra esfera, um intelectual de idéias avançadas, algo como um anarquista. A perspectiva de medir-se com um matador desse tipo trouxe-lhe um novo sopro de vitalidade. Só esperava não estar enganado.

A porta do quarto em que jazia o corpo da prostituta assassinada se abriu e deu passagem a um homem de uns 50 anos, de rosto moreno e nariz comprido, com óculos no topo. Usava um tarbuche amarrotado e poeirento. Era o escrivão.

– Estou às ordens, meu bei!

– Sente-se aí – ordenou o oficial.

O escrivão obedeceu; tirou de uma pasta uma papelada que espalhou sobre a mesa e um lápis cuja ponta lambeu várias vezes. Dava para ver marcas azuladas nos lábios pálidos.

– Começamos por quem? – perguntou.

– Vamos esperar mais um pouco – respondeu Nour El Dine, a quem aquele interrogatório evidentemente desagradava. – O senhor médico-legista já terminou com o corpo?

– Falta pouco.

– Assim espero!

Após esse breve diálogo, Nour El Dine reassumiu a máscara de indivíduo extenuado; fumava seu cigarro com o olhar perdido no teto, com ar de quem resolveu fugir das servidões da penosa função. Todos os presentes tinham os olhos fixos nele; aquela atitude indiferente, porém densa de ameaças, deixava-os desconfiados: não sabiam o que significava, nem o que ocultava. Quanto às moças, estavam todas sentadas no sofá, agrupadas sob a ilusória proteção de Set Amina. Estavam assustadas com a história toda, mas o prazer de assistir ao desenrolar de uma investigação de um crime tão próximo deixava-as pasmadas de curiosidade. Naïla era a única que parecia estar realmente abalada com o drama. A doença a tornava mais frágil, mais vulnerável que suas companheiras. Não precisava ativar muito a imaginação para se colocar no lugar da vítima. Tinha pena de si mesma; em seu desespero doentio, identificava-se com a morta e refletia que teria sido melhor ser assassinada do que continuar com aquela vida perdida, fadada a uma morte lenta e ignominiosa. Esses pensamentos lhe davam um ar desvairado; seu rosto sem maquiagem tinha uma palidez de cera; os olhos estavam fixos e febris. A cada intervalo determinado de tempo, uma tosse seca a sacudia inteirinha. A moça que se achava junto dela no sofá, cujo nome era Salima, pusera-lhe os braços em volta dos ombros e tentava acalmá-la. Quanto a Akila, a mais moça das residentes da casa, depois de um momento de prostração se recompusera e agora só pensava em trabalhar. Apesar da presença da polícia e do cadáver da colega no quarto ao lado, não parava de chamar, de longe, a atenção dos três clientes retidos como reféns. Eles, por sua vez, tinham mais no que pensar; as piscadelas e os sorrisos envolventes de Akila lhes recordavam uma negra realidade que teriam preferido esquecer. Sem dúvida nenhuma, muito tempo se passaria antes de tornarem a aventurar-se num prostíbulo.

O médico-legista concluíra o trabalho; entrou na sala de espera com o rosto congestionado, os olhos ardendo com uma chama concupiscente. Parecia bêbado. Ainda era bastante jovem, e a visão do cadáver desnudo de Arnaba o impressionara vividamente. Com a voz embargada pela emoção, perguntou onde poderia lavar as mãos.

– No final do corredor, meu bei! – disse Set Amina. – Mostre para ele, Zayed.

Zayed, o empregado da casa, que se mantinha respeitosamente em um canto, mostrou o caminho ao médico-legista e sumiu com ele no corredor.

A cena pareceu reavivar o interesse do oficial de polícia; dirigiu-se a Set Amina:

— Mulher, me diga uma coisa: esse Zayed é o seu cafetão?

— Que palavra mais feia, senhor oficial – exclamou Set Amina. – Ele apenas cuida da casa. Presta serviços para as meninas.

— Onde ele estava hoje à tarde?

— Como eu vou saber? Ele só vem para cá à noite; chegou logo depois de nós. É um bom rapaz, trabalha para mim há vários anos. Sempre me agradou.

Set Amina, com todas aquelas explicações, tentava asseverar a opinião de que o criminoso era alheio à casa. Pensava escapar assim às sanções que não deixariam de se abater sobre seu comércio.

— Vou cuidar dele mais tarde. Diga que não saia daqui; a responsabilidade é sua.

— Deus que me guarde! – gemeu Set Amina. E logo em seguida: – Vou passar um café para o senhor, meu bei!

— Não viemos aqui para tomar café, mulher! Você parece que não percebe o que está acontecendo. Deixa eu te dizer, este é o fim da sua carreira.

— Tenha pena de mim, excelência! – implorou Set Amina. – O que será de mim? Então me mate logo de uma vez!

— Pare com esse teatro, mulher! Vou repetir pela última vez, não vim aqui para tomar café nem para escutar suas lamúrias.

Ia acrescentar que estava ali para descobrir o assassino, mas aquilo lhe pareceu inepto e então não disse mais nada.

Empolgado com o novo aspecto da missão, Nour El Dine se comportava como uma criança ciosa de seus segredos. Dedicava toda sua astúcia a não deixar transparecer a convicção de que o assassino não se achava na casa, muito menos entre a multidão de delinquentes sórdidos que pululavam na cidade indígena. A idéia de que o homem que procurava era um ser excepcional, alheio à escória, impunha-se definitivamente em seu espírito. Nour El Dine, no entanto, não ignorava que sua certeza se baseava em deduções psicológicas bastante arriscadas. Sentia que resvalava num declive perigoso. Aonde o levaria? Não seria melhor seguir a rotina habitual? Em todo caso, precisava deter o assassino. Mas como? Se pelo menos tivesse roubado alguma coisa, poderiam encontrar um rastro. No entanto, o maldito assassino não roubara nada; apenas matara e desaparecera. Por que motivo? Vingança, quem sabe! Teriam que remontar a vida da vítima, da jovem prostituta de fascinante beleza, tentar encontrar algum indício sobre os homens que a procuravam, tentar saber se tinha um amante. Nour El Dine não nutria grandes ilusões; a perspectiva era de uma investigação exaustiva num ambiente rebelde, vacinado contra a violência, rico em expedientes e astúcias que tinham que ser dissipadas com sangue-frio e perseverança. E tudo isso para encontrar o quê, no fim das contas? O assassino de uma prostituta.

O que fazer para se livrar desse atoleiro? A trivialidade de investigações desse tipo sempre o fazia sentir-se diminuído, intensamente frustrado. Aquela repressão incessante das tendências estéticas no exercício de suas funções acabava por torná-lo amargo e injusto. No entanto, estava a serviço da lei; cabia-lhe fazer respeitar a lei e punir os culpados. Infelizmente o sentimento daquele poder estava começando a esmigalhar-se dentro dele; chegara ao ponto de não acreditar mais na eficácia da causa que servia. Isso era grave.

Fez um esforço para reagir ao cansaço e se aprontou para dar início ao interrogatório.

Nisso, ouviu-se uma batida à porta da frente. Houve um longo silêncio e então Nour El Dine fez sinal ao guarda de plantão, que abriu a porta com cautela.

El Kordi penetrou no vestíbulo com passo desenvolto, o rosto iluminado por um sorriso jovial, mas deteve-se bruscamente, atônito, como se tivesse errado de local. Os olhos puxados se alargaram de espanto ao ver a estranha reunião à sua frente. Já não sorria mais. Quis dizer alguma coisa, desculpar-se talvez, mas o guarda não lhe deu tempo de falar; agarrou-o pelo braço e o empurrou para diante do oficial, dizendo:

– Mais um cliente, meu bei!

– Estou vendo que a sua casa é bem próspera – observou o oficial, dirigindo-se a Set Amina.

Aquele sarcasmo despertou a mágoa da proprietária. Ela estava em posição de saber que a casa era próspera, não havia necessidade de ficarem demonstrando. E eis que agora corria o risco de perder tudo por culpa desse assassino sem-vergonha. Mais uma vez, desmanchou-se em lamentações:

– Por que a desgraça fica pegando assim no meu pé? Eu sou uma pobre infeliz!

– Cale-se – ordenou Nour El Dine –, ou mando você para a cadeia. Vamos dar uma olhada nesse rapaz.

– Eu? – perguntou El Kordi.

Foi a única palavra que ele conseguiu pronunciar. Continuava sem entender em que armadilha caíra. Sua presença naquele lugar parecia fazer parte de um sonho. Uma brincadeira estúpida. Não parava de piscar os olhos, tentando espantar uma visão inoportuna. O que aquele oficial estava fazendo ali? Então tudo se aclarou: era uma batida da polícia. Quase caiu na risada.

– É, você – disse Nour El Dine.

El Kordi, notando que o caso não tinha grande importância, recobrava o ânimo; o sorriso voltou a aparecer. Mas era o sorriso que ele em geral reservava aos representantes da ordem: um sorriso irônico, quase insultuoso.

O oficial olhou para ele com severidade. Aquele recém-chegado ia espichar mais ainda o interrogatório;

só por isso, Nour El Dine já lhe queria mal. Percebia, contudo, que era a primeira pessoa de aspecto decente envolvida nesse caso; sem dúvida era estranho. Um clarão de esperança penetrou seu cérebro, detendo-o em sua vontade de ser brutal.

– O que está acontecendo? – perguntou El Kordi.

– Daqui a pouco eu explico. Vá se sentar. E o principal, fique quieto.

El Kordi deu de ombros, ajeitou o tarbuche e olhou para o sofá; as moças continuavam se amontoando em volta de Set Amina, agora forçada a um mudo desespero. À vista de Naïla, com o rosto pálido e devastado pelas lágrimas, recobrou o ímpeto apaixonado e correu para junto dela. Já se via no papel de justiceiro, salvando-a das garras da polícia.

– Abra espaço para mim.

As garotas se apertaram um pouco para lhe dar lugar; El Kordi sentou-se junto de Naïla, pegou a mão da moça e segurou-a com força contra a sua. Mas aquele desvelo tocante não trouxe aparentemente nenhum reconforto a ela. Pelo contrário, a presença do amante parecia irritá-la e até aumentar seu desamparo. É que Naïla tinha lá a sua dignidade! Os projetos de El Kordi para arrancá-la da vida de prostituta barata exasperavam-na pelo aspecto fantasioso e irrealizável. Tinha consciência suficiente da realidade para saber que El Kordi era incapaz de salvar quem quer que fosse. Perguntava-se às vezes se ele era sincero consigo mesmo, se não estaria representando. Aliás, não queria ficar devendo sua salvação a ninguém. As relações com El Kordi degeneravam em briga toda vez que ele falava no desejo de vê-la largar aquela vida degradante.

– Me contem, garotas – pediu El Kordi –, a que se deve essa batida da polícia?

– Não é batida – explicou Salima. – É que a Arnaba foi assassinada.

– Assassinada! Como, onde?

– Hoje à tarde. Foi estrangulada em cima da cama.

O anúncio do crime deixou El Kordi estupefato por um momento; em seguida seu senso trágico despertou, e ele assumiu um ar de extrema consciência do drama que o cercava. Contemplou Naïla, tocou-a de modo a assegurar-se da presença dela, e sentiu seu coração apertar-se de pena. "Poderia ter sido ela." Aquele pensamento encheu-o de uma sensação dolorosa, e ele se forçou a buscar umas lágrimas. Mas tudo não durou mais que um instante. Pôs-se a olhar para o oficial, o escrivão, os dois guardas, todo aquele aparato da justiça, com um interesse crescente. A curiosidade substituíra a angústia: inconscientemente já pensava apenas em se divertir.

– Já prenderam o assassino?

– Não – respondeu Naïla.

– Que história terrível! – disse El Kordi. – Só de pensar que poderia ter sido você.

— Teria sido um acontecimento feliz: ninguém ia chorar por mim.

— Não fala besteira. Nunca mais vou deixar você sozinha, minha querida. A partir de hoje estarei sempre junto de você.

— Por Alá! Quem está falando besteira é você. O que seria do ministério, privado de um espírito superior como o seu?

— O ministério que vá para o diabo! Encontrei outro jeito de ganhar dinheiro. Depois te conto.

O médico-legista voltou; parecia menos febril. No entanto, dava para sentir que estava preocupado, ainda sob a influência de uma visão carnal que ainda lhe pesaria na vida.

— Nenhuma novidade? – perguntou o oficial.

— Por enquanto nada – respondeu o médico-legista. – Mando o meu relatório amanhã, depois da autópsia. Agora vou indo. Saudações!

— O senhor doutor não quer tomar uma xícara de café? – sugeriu Set Amina. – Não dá para ir embora desse jeito. Por Alá! Nos dê essa honra.

— Muito obrigado – disse o médico-legista. – Mas estou realmente com pressa. Fica para outra vez.

— Me diga uma coisa, mulher! – explodiu Nour El Dine. – Quando você vai entender que não estamos aqui para uma visita de cortesia? Eu já disse para ficar quieta.

— Está bem, meu bei, já entendi. Afinal, não estava fazendo mais que a obrigação. Só queria ser educada.

— Vamos começar o interrogatório? — perguntou o escrivão.

Nour El Dine lançou ao redor um olhar inexpressivo, com ar de quem não tinha entendido. Que interrogatório? Esquecera-se por completo daquele teatro abjeto e ridículo. Mas tinha que começar; assim exigia a rotina. Era sobretudo o escrivão empoeirado, com aquela feiúra de entristecer, que lhe revolvia o estômago. Nour El Dine sonhava com um belo efebo como escrivão; com esse escrivão sinistro a justiça não tinha o menor sentido.

Fez sinal a um dos clientes, o suposto amigo do ministro, para que se aproximasse; o homem levantou-se e foi até o oficial com passo de autômato desarticulado, resmungando palavras incompreensíveis. Era um sujeito de aparência acanhada; vestia um traje puído e usava um tarbuche amarrotado e sujo. Veio postar-se diante do oficial com uma atitude altamente reprovativa.

— Você não pode fazer isso comigo — gritou. — Você não sabe quem eu sou.

— Cale-se — retrucou Nour El Dine sem perder a calma.

— Eu estou dizendo que você não sabe quem eu sou.

— E eu estou dizendo para você se calar. Só responda quando for questionado.

– Me calar? Jamais! Quando você souber quem eu sou, vai pedir desculpas.

Ele batia no peito para demonstrar sua importância.

– Pois bem! Vamos acabar logo com isso. Me diga quem você é – perguntou enfim Nour El Dine.

O homem respirou profundamente e disse com a voz trêmula de orgulho:

– Eu sou um arrecadador!

Por alguns instantes, El Kordi observou a cena sem captar muito bem o aspecto burlesco que ela parecia conter. Intuía que em algum ponto o mecanismo do humor pusera-se em andamento, mas permanecia alheio ao caso, ainda recusando-se a compreender. Pelo intervalo de alguns segundos, hesitou a rir; então, de repente, todo o ridículo da cena, todo o sabor contido naquele brio profissional saltou-lhe aos olhos, e ele caiu numa risada que não tinha fim.

O suposto amigo do ministro parou de gesticular e gritar; parecia tomado de horror, como se o riso de El Kordi acabasse de esfolar sua nobre dignidade. Aquela nova ofensa o pegou sem resposta. Lançou a El Kordi um olhar de poucos amigos no qual se lia a mais completa incompreensão. Que alguém pudesse rir-se dele – um arrecadador! – parecia-lhe um ultraje inqualificável.

Ninguém mais ria, além de El Kordi; ninguém, aliás, compreendia os motivos daquela hilaridade. Para todos, parecia no mínimo incorreta. Rir numa casa em que acabara de ocorrer um assassinato, e no meio de uma investigação policial, só podia ser a atitude de um louco. A própria Naïla estava chocada com a insólita inconveniência do amante; foram vãs todas as suas súplicas para fazer com que ele se calasse. O rapaz parecia incapaz de dominar o alegre delírio que o sacudia; cada vez que olhava para o sujeito, caía em grandes gargalhadas.

Quanto ao arrecadador, envolvera-se em sua dignidade e esperava o fim daquela explosão para retomar a palavra. Continuava sem compreender. Nour El Dine era o único capaz de apreciar o riso de El Kordi; ele próprio teria dado, com muito gosto, boas risadas, se não se encontrasse no centro daquele debate grotesco. Desconfiava que aquele riso também o incluía, e não estava disposto a parecer risível.

— Pare de rir, você aí! — disse ele. — Isto aqui não é nenhuma zona.

— É, sim, excelência! Aí é que está, isto é uma zona — respondeu El Kordi, rindo mais ainda.

Nour El Dine acusou o golpe; acabara de cometer uma gafe monumental; calou-se, ardendo de raiva. Estavam mesmo numa zona. Onde ele andava com a cabeça? Em todo caso, ia se vingar daquele rapaz extravagante. Decidiu fazê-lo pagar dali a pouco, quando chegasse a sua vez de ser interrogado.

Nesse intermédio, o arrecadador recobrara a arrogância.

— Então agora você já sabe quem eu sou? — disse ele.

— Você é arrecadador de onde? — perguntou o oficial.

— Escute só, minha gente! — exclamou o arrecadador, voltando-se para os presentes. — Como assim, de onde? Eu sou arrecadador em qualquer lugar, ora. Você nunca viu um arrecadador?

— Igual a você, nunca — admitiu Nour El Dine.

— Senhor oficial, protesto contra esses insultos. Aliás, tenho intenção de me queixar ao ministro.

Nour El Dine sentiu que precisava agir o quanto antes, ou nunca se livraria daquela maldita figura. Todo o aparato de autoridade estava em jogo; esse interrogatório estava incontestavelmente degenerando em comédia barata. Não podia, sem risco, deixar aquele energúmeno prosseguir com as palhaçadas. Levantou-se de repente e, com uma força aterradora, mandou duas bofetadas no pretenso arrecadador. Este rodopiou, deixando escapar um gritinho, e então cobriu o rosto com os braços. Mas era tarde demais, Nour El Dine já tinha tornado a sentar-se e fitava-o com um olhar de ódio. Tudo tinha durado o espaço de um segundo.

— Agora vá se sentar. Assim vai ter do que se queixar ao ministro.

O sujeito voltou para o lugar em silêncio; caminhava curvado sobre si mesmo, como se tivesse envelhecido de repente, e parecia esvaziado de toda a dignidade.

O restante do interrogatório seguiu o curso normal. Os dois outros clientes comportaram-se com muita correção; confessaram sem dificuldade o nome e a profissão. Envergonhados por terem sido flagrados num prostíbulo, só pensavam em ir embora o quanto antes. O oficial os liberou, e também o arrecadador, que agora assumira um ar de fantasma e não falava mais em queixar-se ao ministro. Soube-se, por sinal, que era um arrecadador desempregado.

El Kordi, vendo que chegara a sua vez, ficou febril; ardia de impaciência. A idéia de comparecer perante as autoridades — ou pelo menos de seu representante — assustava-o um pouco, mas dava-lhe ao mesmo tempo o sentimento de grave responsabilidade. O povo dos oprimidos ia finalmente poder defender-se por seu intermédio. Ora, essa presunção não se baseava em nenhuma realidade: nenhum povo oprimido o encarregara de tomar sua defesa. El Kordi erigira-se em justiceiro por conta própria; persistia em qualquer oportunidade de tomar o partido dos fracos. Esse era o resultado de uma moral pueril que El Kordi elevava ao nível de virtude revolucionária. Não logrando alcançar um destino dramático e glorioso, esquivava-se do problema da própria liberdade saltando com fúria à menor tentativa de injustiça. Naquele momento, desfrutava de antemão da oportunidade única que se lhe apresentava de frustrar a infame paródia de justiça representada por aquele oficial ignaro e brutal. Planejava minar o prestígio dele e, principalmente, comunicar-lhe algumas idéias relativas ao crime em geral e às leis estabelecidas em particular. Que festa!

Nour El Dine voltou-se para El Kordi, avaliou-o por um instante com o olhar, como se avaliasse o valor da presa. Também planejava alguns momentos de prazer.

– Você que estava rindo agora há pouco, aproxime-se.

El Kordi apoderou-se de uma poltrona vazia, fincou-a diante da mesa à qual se achava o oficial e se acomodou confortavelmente.

– Não vou desperdiçar o seu tempo – disse ele. – Eu me chamo El Kordi e sou funcionário do Ministério das Obras Públicas.

Por maior que fosse o desprezo que El Kordi tinha pelo emprego de funcionário do Estado, naquele momento prevalecia-se do cargo perante aquele oficial que, definitivamente, considerava um ignaro. Ora, Nour El Dine não era um ser ignaro; pelo contrário, a obrigação de lidar com gente ignorante todos os dias é que o enchia de amargura. O equívoco de El Kordi advinha em grande parte das idéias prontas que professava sobre a burrice dos policiais. Para infelicidade dele, o acaso o colocara diante do único oficial de polícia possuidor de dons notáveis e desejoso de empregá-los contra um adversário à altura.

— Então o senhor funcionário freqüenta prostíbulos! E isso na qualidade de representante do Ministério?

— Venho aqui por inclinação natural. Imagino que fazer amor não seja proibido por lei. Seria o cúmulo.

— Não, por enquanto não é proibido — admitiu Nour El Dine.

— Espero que no futuro também não. Mas não me surpreenderia se fosse de outro modo.

— Compreendo. Você não está de acordo com as leis, ao que parece. Tem algum motivo de queixa?

— Vou me queixar quando chegar a hora certa — disse El Kordi em tom enigmático.

Nour El Dine experimentava um raro gênero de satisfação, como nunca lhe fora concedido no decorrer de suas inúmeras investigações. Tinha diante de si, implicado num crime, um homem culto com conhecimento real do mundo em vez daquele amontoado de degenerados incapazes de reconhecer os próprios filhos. Buscara por aquela dádiva durante anos. Seu olhar expressou um contentamento quase ingênuo; sentia naquele rapaz uma resistência, um tom agressivo que correspondia à sua necessidade, demasiado refreada, de uma prova decisiva.

El Kordi não tinha nada de jovem efebo; no entanto, a beleza máscula de seus traços, acentuada pelo exotismo dos olhos puxados, agia com força sobre Nour El Dine. Este pareceu relaxar, esquecer por um momento os pensamentos amargos. Uma mudança evidente ocorrera dentro dele; seus modos tornaram-se afáveis e singularmente doces. Mas El Kordi estava bem distante de prestar atenção nisso; o ódio que sentia por qualquer forma de autoridade o cegava a ponto de tornar imperceptível o caráter duvidoso daquela gentileza inesperada.

Nour El Dine envolvia-o com o olhar, com uma espécie de ternura lúbrica, como à espreita de algum sinal de conivência.

Por quê, de repente, pôs-se a falar em inglês?

– Você vem aqui sempre?

– Tanto quanto exigem minhas necessidades físicas – respondeu El Kordi na mesma língua.

— Tive a impressão de que você tem preferência por uma das moças. Você é amante dela ou estou enganado?

Aquela conversa em língua inglesa transcorria em meio a um silêncio solene. O escrivão, não entendendo mais nada, parou de transcrever. Primeiro limpou o ouvido, imaginando uma intempestiva surdez; depois, atropelado pelos fatos, largou o lápis à sua frente e adotou uma atitude de impotência. Set Amina, por sua vez, achou que o uso daquela língua estrangeira ocultava uma armadilha para ela. Soltou um suspiro e disse:

— Pela minha honra! É o fim do mundo. Não é que estão falando inglês dentro da minha casa?

Nour El Dine resignou-se a retomar o interrogatório em árabe, não para agradar Set Amina, mas porque o escrivão começava a achar inadmissível ficar fora do caso: praguejava entre dentes.

— Você tem conhecidos entre as pessoas que vêm aqui? — inquiriu em tom de conversação mundana. — Gostaria de saber sua opinião sobre elas.

El Kordi captou todo o alcance daquela pergunta insidiosa.

— Se estou entendendo direito, você gostaria que eu apontasse as pessoas que poderiam ter cometido o crime. Permita-me dizer, senhor oficial, que não sou nenhum dedo-duro.

— De jeito nenhum. Você interpretou mal as minhas palavras. Eu queria só conhecer o clima da casa. Posso contar com a sua cooperação?

— Em hipótese alguma – disse El Kordi, ultrajado.
— Não hei de fazer nada para ajudar a polícia. Aliás, não sei nada sobre esse caso.

— Você não tem mesmo nenhuma idéia sobre esse crime?

— Tenho muitas idéias. Mas duvido que você possa entender.

— Por quê? Eu gostaria muito de conhecer essas idéias.

— Pois bem! Considero que a sociedade é a única responsável por este crime – disse El Kordi com grandiloqüência.

— O que você está dizendo, meu filho! – exclamou Set Amina. – Por Alá! Você ficou louco.

Ela achava que a "sociedade" de que falava El Kordi significava todas as pessoas presentes, em particular ela mesma.

— Cale-se, mulher! Continue, meu caro, você me interessa – disse Nour El Dine com os olhos brilhando de estranha simpatia.

Porém acabara. El Kordi se calava; estava convencido de que tinha dito tudo naquela frase revolucionária.

– Não tenho nada a acrescentar.
Parecia que a fonte da revolta secara.
– Pena – disse Nour El Dine. – Teria gostado de ver você aprofundar essa idéia. Não faz mal! Fica para outra vez. Ainda tenho umas perguntas para te fazer.
Era uma circunstância feliz. Aquele rapaz, se não era o próprio assassino, constituía apesar de tudo uma pista importante. Não acabara de se trair? Aquele idealismo excessivo, que rejeitava tudo sobre a sociedade, inspirava-se do mesmo espírito que presidira ao assassinato da prostituta. Um anarquista! Talvez houvesse muitos que pensavam como ele. Nour El Dine sentia-se irresistivelmente atraído, tal qual a um precipício; todas as suas faculdades estavam em alerta. Aquele jovem funcionário do governo decerto o levaria a descobertas sensacionais. Era só uma questão de não forçá-lo.
– Permita que eu pergunte – prosseguiu –, onde você estava hoje à tarde entre duas e seis horas?
– Estava passeando – disse El Kordi sem parar para refletir.
– Percebo. É um álibi bastante comum. Lamentavelmente, não pode ser verificado. Não tem nada mais a propor?
– Talvez possam encontrar o rastro dos meus passos. Meus sapatos deixam marcas.

E El Kordi ergueu o pé para que o oficial pudesse admirar à vontade os sapatos.

Nour El Dine não teve tempo de responder, porque a porta de entrada se abriu de súbito e deu passagem a dois enfermeiros de blusa branca, que carregavam uma maca. O policial de plantão introduziu-os no quarto da prostituta assassinada, dentro do qual desapareceram. Depois de algum tempo, tornaram a sair, com o cadáver da jovem Arnaba coberto por uma lona. Ao ver isso, as moças puseram-se a dar gritos e a gesticular feito loucas. Nour El Dine tapou os ouvidos e esperou pacientemente que aquele frenesi coletivo terminasse.

El Kordi sorria com ar tolo. Impunha-se em seu espírito a lembrança vívida do sujeito miserável proclamando-se arrecadador com tanto orgulho. Dizia-se amigo do ministro. Afinal, por que não seria?

V

O barulho das vozes, a luz dos lampiões de acetileno, acolheram-no como um refúgio benfazejo. Àquela hora da noite o Café dos Espelhos estava repleto de uma multidão barulhenta que ocupava todas as mesas, deambulava em lenta procissão pela rua de chão batido. O eterno rádio despejava um jato de música tempestuosa ampliada por alto-falantes, submergindo numa mesma confusão a magnificência das conversas fiadas, dos gritos e dos risos. Naquele grandioso tumulto, mendigos esfarrapados, catadores de bitucas e vendedores ambulantes se entregavam a uma forma de atividade prazerosa, tal qual saltimbancos numa feira. Toda noite era assim: um ambiente de feira popular. O Café dos Espelhos parecia um lugar criado pela sabedoria dos homens e situado nos confins de um mundo fadado à tristeza. Yéghen sentia-se sempre maravilhado pela ociosidade e alegria delirante. Aquela gente toda parecia desconhecer a angústia, a penosa incerteza de um destino miserável. A miséria, é claro, cunhava as roupas constituídas de inomináveis farrapos e imprimia sua marca indelével nos corpos lívidos e descarnados; não conseguia, contudo, apagar dos rostos o júbilo gritante de ainda estarem vivos.

Curiosa população! Yéghen abriu caminho em meio à multidão, feliz com aquela promiscuidade fraterna e supremamente reconfortante. Encontrava-se no próprio território; ali sua feiúra não ofendia ninguém; pelo contrário, adquiria no contato dos humildes uma espécie de brilho. Foi reconhecido e cumprimentado com exclamações amigáveis. Fizeram-no vários convites para tomar um copo de chá, mas ele recusou, sob pretexto de vagos compromissos. Na verdade, estava tentando encontrar Gohar; este certamente estava à sua espera, privado de droga e vítima de sofrimento. O sofrimento de Gohar era a única iniqüidade que ele não podia tolerar num mundo que, por sua vez, estava repleto de iniqüidades. Punha toda a generosidade de que era capaz no gesto de oferecer a Gohar sua porção diária de haxixe. Proporcionar uma parcela de alegria a um homem – mesmo que pelo espaço de algumas horas – parecia-lhe mais eficiente que todas as vãs tentativas dos reformadores e dos idealistas que queriam extrair de sua dor uma humanidade sofrida. Nesse terreno, Yéghen se vangloriava de ser o apóstolo da eficácia imediata e tangível. As lentas elaborações, as sábias teorias destinadas a minorar a miséria do povo não passavam, a seu ver, de brincadeiras sinistras.

Riu com escárnio, preocupado em zelar por sua imagem.

Sem querer reconhecê-lo, ainda estava obcecado pela lembrança do encontro recente com a moça. Agora que conseguira entrar em contato com ela por meio de um poema, preocupava-se com as prováveis repercussões daquela aventura em sua vida privada. Para começar, tinha certeza de que não sentia por ela nenhum tipo de amor. De sua parte, tratava-se no fundo de uma tentativa desprovida de qualquer desejo de conquista. Dormir com a filha de um funcionário do governo, ainda por cima menor de idade, implicava considerações a que Yéghen não era nada propenso. No entanto, aquela moça o intrigava pelo cinismo de seu comportamento; parecia desafiá-lo. Sua reação diante da feiúra dele denotava uma natureza no mínimo dissimulada. Yéghen vislumbrava nessa sua atitude a revelação de algo anormal, doentio, que o incitava a prosseguir em uma experiência única. Era a primeira vez que era objeto da atenção de uma mulher, e não estava longe de experimentar certa fatuidade. Não conseguia abandonar com tanta facilidade tal fonte de divertimento e, talvez, quem sabe, de excitações sensuais. Conhecia suficientemente a lei das probabilidades para reconhecer que uma aventura amorosa como aquela não se apresentaria outra vez a um homem como ele pelo menos antes de três gerações. Portanto precisava aproveitar. E ainda havia aquelas aulas de piano, que aumentavam a estranheza da aventura. Não que Yéghen gostasse de música, pelo contrário, abominava-a com toda a alma, mas não pensava que a moça chegaria a ter alguma oportunidade de tocar na presença dele.

Falar sobre isso com Gohar? Primeiro tinha que encontrá-lo. À luz crua dos lampiões de acetileno, refletida pelos espelhos imensos que revestiam as paredes, seu olhar míope embaralhava-se totalmente. Avançava com dificuldade na multidão quando sentiu que o agarravam pelo braço.

– Meu caro Yéghen, me dê a honra de vir sentar-se à minha mesa.

Yéghen virou-se. O homem era um notório pederasta, de opulência majestosa; vestia um traje de seda verde e um amplo casacão cor de berinjela. Seus cabelos e bigode eram pintados, e usava anéis pesados nos dedos. Era um comerciante de tecidos muito rico, com pretensões literárias.

A amabilidade do grande comerciante para com Yéghen sempre o divertia por causa do equívoco que deixava pairar sobre o relacionamento deles.

– E então, como anda a poesia?

– Agonizando – disse Yéghen.

– Não importa! Venha tomar um copo de chá comigo. Morro de vontade de te ouvir.

– Me desculpe, mas não é possível. Estou procurando uma pessoa. Tenho mesmo que encontrar alguém.

– Ah! Compreendo – disse o homem com uma piscadela cúmplice.

– Compreende nada. Ainda não cheguei lá. Mas quem sabe um dia desses.

– Pois esse será um grande dia. Ficaria feliz de contar você entre os meus amigos.

– Você está brincando – protestou Yéghen. – Com uma cara igual à minha!

– Não se esqueça de que para mim você possui outros encantos. Sou sensível ao talento.

– Em outras palavras, você gostaria de dormir com o meu talento.

Caíram ambos na gargalhada.

– Mas isso também é impossível – Yéghen prosseguiu. – Eu não tenho talento. Saudações. Sem dúvida a gente se vê mais tarde.

— A modéstia é um ponto a seu favor. Me dê o prazer de pelo menos aceitar um cigarro.

Estendeu uma cigarreira de luxo; Yéghen pegou um cigarro, e o homem o acendeu com um isqueiro de ouro.

— Obrigado.

Yéghen deixou o graúdo comerciante e, mais uma vez, pôs-se à procura de Gohar. Onde ele tinha se enfiado? Não o via em lugar nenhum. Estava começando a se irritar, principalmente porque sentia atrás de si a presença de um pequeno catador de bitucas que acompanhava seus passos e o vigiava, esperando a hora em que ele jogaria fora o cigarro. A isca daquela bituca de luxo parecia exercer sobre o menino uma espécie de fascinação. Ele seguia o rastro de Yéghen com ar de cão famélico. Yéghen, afinal, encheu-se daquela perseguição e jogou-lhe o cigarro consumido até a metade.

— Toma, maldito! Você também não vai querer me enrabar?

— Deus me livre! — exclamou o menino, juntando o cigarro.

Foi por mero acaso que avistou Gohar.

Na barbearia – espécie de barraco sem porta –, iluminada apenas pelas luzes longínquas do café, Gohar encontrava-se sentado na única poltrona, exausto, rendido à sabedoria desolada de um universo desabando por todos os lados. A voz de Yéghen sobressaltou-o.

— Saudações, mestre.

— Finalmente, meu filho!

Yéghen inclinou-se até o chão, parodiando uma reverência. O respeito devido ao mestre não excluía o gracejo.

— Sempre às ordens. Não estou perturbando suas meditações?

— Nem um pouco. Sente-se.

Yéghen correu para pegar uma cadeira jogada no meio da rua e foi sentar-se junto de Gohar com uma careta satisfeita. Sempre sentia-se transportado pela mesma alegria; parecia que a presença de Gohar tornava possíveis as aventuras mais incríveis. Todas as angústias, mesmo aquelas soterradas no inconsciente, desapareciam à simples visão do mestre. Esquecia-se até da feiúra.

Na intimidade da barbearia, o silêncio de Gohar assumia um poder de eternidade indescritível. Yéghen respeitava aquele silêncio, sabia que o mutismo de Gohar ocultava alegrias secretas e incomunicáveis. Mas ficou de repente alarmado pela sensação de um esquecimento importante; embora nunca pedisse nada, decerto Gohar estava à espera de uma única coisa: droga. Com um gesto exaltado, tirou do bolso um papel dobrado, abriu-o e partiu ao meio o pedaço de haxixe. Ofereceu o pedaço maior a Gohar; ele o pegou sem dizer palavra, rolou-o entre os dedos para fazer uma bolinha, depois o levou à boca e pôs-se a chupá-lo. Já sentia a vida voltando lentamente dentro dele, o sangue afluindo nas veias atrofiadas. Fechou os olhos, saboreando em toda a plenitude aquele instante delicioso que sucede a extrema privação. Yéghen não se movia, meio assombrado com aquele jeito demasiado apressado de drogar-se. O uso da droga por via oral, que Gohar apreciava pela facilidade, sempre o surpreendia tanto quanto uma escamoteação. Para ele, o uso da droga exigia um ritual mais complexo. Yéghen gostava da atmosfera fantástica dos fumadouros, a pesada fumaça opaca e estagnada feito cerração, e em especial o cheiro persistente e doce que ficava muito tempo preso às roupas, mais insidioso que um perfume de mulher. Havia nisso certo romantismo caro à sua alma de poeta, que Gohar despachava com um gesto enfiando o haxixe diretamente na boca. Yéghen experimentava toda vez uma espécie de pânico ante aquele desperdício. Por mais que dissesse a si mesmo que o efeito desejado era o mesmo, não conseguia deixar de lamentar aquela falta de interesse pelos preparativos e pelo cenário.

Na penumbra da barbearia, ocupava-se com suas caretas favoritas, atento ao menor sinal da ressurreição que se operava no organismo do companheiro. Alegrava-se antecipadamente com a idéia de logo poder conversar com ele. Entretanto Gohar continuava silencioso; só um fraco resfolegar indicava que acedia aos poucos à vida.

 Depois de deixar a casa em que acabara de estrangular a jovem prostituta, Gohar andara pelas ruas à procura de Yéghen. A obsessão pela droga tivera o efeito de atenuar dentro dele por um tempo o sentimento do ato. Lembrava-se daquilo como de um erro trágico, mas cuja importância se perdia no vazio. Qual a importância de um crime em meio a tantos outros perpetrados todos os dias sob as mais diversas formas: guerras, massacres, repressões? Claro, ele não era insensível à piedade. A lembrança da vítima apertara-lhe o peito ao longo de toda aquela corrida desesperada pelas ruas da cidade. Porém era como se estivesse pensando num acidente lamentável de que tivesse sido a testemunha impotente e horrorizada. Em sã consciência nunca desejara, nem premeditara, aquele ato repreensível. Não conseguia conciliar seu horror inato à violência com a atroz evidência dos fatos. Então como explicar aquele crime? Que a fatalidade quisesse arrastá-lo para um mundo criminal e monstruoso repudiado por ele, nisso Gohar se negava a acreditar. Não admitia a crença num destino implacável contra o qual nenhuma escapatória era possível. Será que seu destino era ser um professor respeitável, ensinando mentiras vis com as quais uma classe privilegiada oprimia um povo inteiro? E seria trair seu destino fugir daquela impostura? Nada era mais incerto. Sem dúvida, ele era um homem marcado, produto de uma civilização angustiada que prosperava mediante o assassinato. Mas pensava ter escapado à angústia, reencontrado a paz e a tranqüilidade naquela parcela de terra ainda inviolada em que florescia a nobreza de um povo dado à alegria. Será então que ele só conseguira com a fuga trazer consigo o terror e o assassinato grudados na pele? O balanço da aventura seria um fracasso? Não, não podia ser.

Sabia, no entanto, que devia contar com a justiça dos homens. A polícia não se embaraçava com análises abstratas; para ela, o destino significava a espada do carrasco. Só concebia a fatalidade como vontade opressiva, ocupada que estava em apenas manter os escravos na servidão. Gohar não ignorava que eles começariam a fuçar por todos os lugares, produzindo uma energia colossal com o único intuito de atingi-lo. Não que o assassinato de uma prostituta fosse aos olhos deles um ato odioso e desumano, mas ele perturbava sua ordem tirânica. O conceito segundo o qual toda falta deveria receber um castigo era mais uma dessas mentiras hipócritas servindo de baluarte a uma sociedade agonizante e putrefata. Quanto caminho percorrido em tão poucos anos! A moral rígida que ele ensinara, e na qual acreditara como numa riqueza inalienável, revelara-se a mais nefasta conspiração urdida contra um povo inteiro; não passava de um instrumento de dominação destinado a manter os miseráveis à distância. Talvez, afinal, esse crime não passasse da expiação de suas antigas mentiras, de sua cumplicidade cega com as forças infernais. Acabara assim de romper em definitivo, cortar para sempre os laços que ainda o prendiam àquele mundo detestado! De agora em diante pertencia à massa dos homens caçados, rechaçados nos confins do horror, mas implacavelmente animados por uma saudável confiança na vida.

Nenhuma justiça faria reviver a jovem Arnaba. Porém ele, Gohar, estava vivo. A polícia teria que combater um inimigo vivo, e um vivo da espécie mais terrível: um otimista. Haveria muito trabalho para apanhá-lo. Ele lutaria com toda a força de sua inércia para preservar aquela vida nova, conquistada ao custo de um esforço sobre-humano.

Benfazeja magia da droga! Gohar mexeu-se na poltrona, abriu os olhos e sorriu na sombra.

Yéghen compreendeu, àquele sorriso, que podia finalmente falar.

– Então, mestre, o que você conta?

— Fique quieto, meu filho, tive um dia memorável.
— Como assim?

Yéghen exultava, esfregava as mãos, com o rosto mais careteiro que nunca. O tom de Gohar dava aviso de que o outro escutaria um relato extraordinário.

Gohar contou-lhe a desventura daquela manhã. Falou do vizinho morto, da água poluída que invadira seu quarto e dos gritos estridentes das carpideiras.

— Estou na rua desde o meio-dia. Foi terrível.

— Que história mais engraçada — e Yéghen caiu na risada. — Vale todos os sacrifícios. Mestre, essas histórias só acontecem com você. Puxa! Chego a ficar com inveja.

— Procurei você por todos os cantos — disse Gohar. — Por onde andava?

Yéghen ficou com um jeito triste e disse, como se partilhasse um segredo:

— Fui visitar a minha mãe.

Havia alguma coisa ligada à mãe de Yéghen, Gohar estava tentando recordar. O que era mesmo? Ah, sim. Agora lembrava.

— Ouvi dizer que ela tinha morrido. Espero que não seja verdade. Se for, meu caro Yéghen, queira aceitar os meus sinceros pêsames.

— Mestre, para você eu posso contar — disse Yéghen, rindo. — Não é verdade. Ela continua viva, tão viva que conseguiu baixar meu astral com seus conselhos moralistas. Tenho apenas a intenção de juntar um pouco de dinheiro. O que você acha?

— Devo dizer que é uma idéia fantástica. Desejo-lhe muito sucesso.

— Não é mesmo? — disse Yéghen no auge da felicidade. — Eu tinha certeza de que você ia aprovar. Aliás, é uma mulher surpreendente.

— Quem, a sua mãe?

— É. Ela às vezes diz umas coisas que me deixam sem fôlego. E olhe que eu sei que ela não usa haxixe. Sabe o que ela me disse um dia?

— Não, mas gostaria muito de saber.

— Vou repetir as próprias palavras dela. Ela disse: "Você agora já está bem grandinho e pode tratar sozinho dos seus assuntos com Deus". É angustiante, não é?

— Não entendi direito — disse Gohar.

— Ela não quer mais servir de intermediária. Olhe para mim, mestre! Dá para me imaginar tratando sozinho com Deus? Eu não vou conseguir nunca.

— Que novidade é essa? Desde quando você tem contato com Deus?

— Pessoalmente nunca tive. A minha mãe é que se encarregava de tudo. Havia um acordo tácito entre nós. Mas agora acabou: sou obrigado a me virar sozinho.

Então tive a idéia de pedir um dinheirinho a pretexto do enterro dela. Ela me deve essa.

— Devo reconhecer que o seu raciocínio é impecável. Porém...

Quedou-se boquiaberto. O maravilhoso efeito da droga mergulhava-o numa euforia em que todas as coisas assumiam dimensões inusitadas, e nada parecia suspeito nem impossível. Largado na poltrona, com as mãos no punho da bengala que mantinha entre as pernas, Gohar meditava a respeito das relações insólitas que Yéghen mantinha com Deus. Via claramente Deus parlamentando com Yéghen, tratando de diversos assuntos confidenciais com ele, com ar de um homem afável e distinto. Os dois interlocutores pareciam ser conhecidos antigos, diziam um ao outro palavras muito duras sem ficar bravos nem elevar a voz. Porém o mais sensacional nessa visão era que Deus estava vestido de maneira muito moderna e não tinha barba.

Gohar deu uma breve risada.

A barbearia situava-se na extremidade do Café dos Espelhos, vizinha a um terreno invadido por detritos e poças de urina. À noite servia de covil para a fauna dos pequenos mendigos e catadores de bitucas que iam dormir ali, amontoados feito bichos numa toca. Toda manhã, o barbeiro, furibundo, tinha que expulsá-los a pontapés e ameaças sangrentas. Ele deveria colocar uma porta no barraco, mas era um investimento acima de suas posses. Gohar descobrira aquele lugar numa noite em que buscava tranqüilidade e, desde então, instalava-se ali com freqüência para desfrutar de uma paz ideal. A poltrona do barbeiro fora realmente feita para a meditação.

– Mestre – disse Yéghen –, quero te fazer uma confidência.

– Estou ouvindo.

– Pois bem, imagine só, estou em plena aventura sentimental.

– Meus parabéns! Quem é a felizarda?

– Uma moça diferente das outras.

– Espere aí – disse Gohar. – O que é uma moça diferente das outras? Meu caro Yéghen, pensei que você tivesse mais discernimento.

– Eu quis dizer que não é uma prostituta.

– É uma burguesa?

– É. Filha de um funcionário do governo, provavelmente.

– Oh! Que coisa horrível! Você está apaixonado por ela?

– Você está me confundindo com o El Kordi. Mestre, eu não sou mais criança.

– El Kordi também não é mais criança – disse Gohar. – Acredite em mim, você está menosprezando ele. El Kordi simplesmente está sob a influência de toda uma literatura européia que pretende fazer da mulher o centro de um mistério. Ele faz força para acreditar que a mulher é um ser pensante. A necessidade que tem de justiça faz ele defender essa moça, na condição de indivíduo social. Mas, no fundo, ele não acredita nisso. Tudo o que quer é dormir com ela. E olhe lá, em geral sem pagar, porque ele é pobre.

– Mas no meu caso o objetivo é diferente. Não estou tentando dormir com ela.

– Um amor platônico! É mais grave ainda.

– Não se trata nem um pouco de amor, mestre. Trata-se de outra coisa.

– Do quê então?

– Não sei.

Yéghen calou-se. Acabara de perceber que um bando de crianças descabeladas, em pé à entrada da barbearia, escutava a conversa num silêncio recolhido. Pareciam estupefatos com o que ouviram.

– Essa barbearia é para não-fumantes – disse ele. – Não tem nenhuma bituca aqui. Vocês estão perdendo tempo.

– A gente não está procurando bituca – respondeu uma menina de uns 8 anos de idade, coberta de trapos multicoloridos. – A gente quer dormir. Este lugar é nosso.

– Vocês já estão querendo dormir? – perguntou Yéghen. – Mas ainda é muito cedo. Vão andar por aí mais um pouco.

– Me dê uma piastra – ordenou a menina.

Com aquele cabelo tingido com hena e o colorido das vestimentas, parecia uma boneca ensebada.

– Uma piastra – indignou-se Yéghen. – O que você quer com uma piastra? Não tem vergonha de pedir esmola? Vamos, deixem a gente em paz. Temos um assunto sério para conversar.

– Vamos embora – disse a menina com uma careta de desprezo. – São uns pederastas.

– Aí estão os malfeitos da obscuridade – observou Yéghen.

O bando de crianças foi acomodar-se não muito longe do barraco. Yéghen não as perdia de vista; espiava enquanto se empurravam e soltavam palavrões obscenos. Decerto combinavam o melhor jeito de esvaziar o local. Yéghen sabia que eram persistentes e voltariam à carga.

Aquele lugar estava ficando excessivamente perigoso.

– Na verdade, essa menina me diverte.

– Quem, a catadora de bituca? – perguntou Gohar.

– Claro que não, mestre. A filha do funcionário. Imagine você que ela me olha sem nojo. E em plena luz, ainda por cima. Ela até sorri para mim. Não estou longe de pensar que me acha simpático.

— Você está ficando convencido? — preocupou-se Gohar. — Não me diga que ela mexe com a sua vaidade. Meu caro Yéghen, essa moça é um abismo de perversidade.

— Esqueci de dizer que ela faz aulas de piano.

Gohar não teve tempo de responder. Foram novamente interrompidos. Dessa vez por um vendedor de bilhetes de loteria, maneta e lamuriento. Com a mão sã, estendia um último bilhete amarrotado e sujo, sem dúvida apanhado do chão.

— De quanto é o prêmio desse bilhete? — inquiriu Yéghen.

— Mil libras, meu bei! — respondeu o homem.

— É pouco. Você não tem nenhum que dê 10 mil?

— Não existe bilhete para 10 mil libras. Só para mil. E este bilhete é o premiado. Compre, e que Alá aumente a sua prosperidade.

— Vá se embora daqui — disse Yéghen. — Mil libras só servem para os mendigos.

O homem se afastou rumo às trevas do terreno baldio, resmungando insultos vagos contra o que parecia ser uma esposa exigente e rabugenta.

— Já pensou, mestre, a gente com mil libras?

— Para quê, meu filho?

— Você poderia ir embora para a Síria.

A alusão àquela viagem perturbou Gohar em vez de alegrá-lo, já que indiretamente lembrava seu crime. Mais um sonho que ruía. Será que ainda faria aquela viagem? Talvez tivesse estragado a única evasão possível contra a angústia em que o mundo se debatia. Era penoso renunciar àquela Síria paradisíaca que forjara para si e onde quisera passar dias felizes. Era um sonho apenas, claro, mas renunciar a um sonho não era a mais terrível das renúncias?

— Talvez eu até pudesse te acompanhar — prosseguiu Yéghen.

Gohar virou a cabeça e olhou para o companheiro. Como dizer que não era mais possível?; como explicar o crime horrendo? Não se sentia pronto para uma confissão assim. Mais tarde talvez contasse tudo.

Yéghen fez uma careta de espanto: a silhueta de El Kordi recortava-se na abertura do barraco.

— Aconteceu uma coisa terrível! Estou fora de mim.

Nenhum dos dois homens deu a mínima para aquele preâmbulo. Isso era parte de uma espécie de ritual. El Kordi sempre abordava as pessoas com a veemência de um homem que acaba de escapar de uma carnificina. Era preciso dar-lhe tempo para se recompor. De modo que evitaram interrogá-lo. Esperavam pacientemente que ele se dignasse dizer qual era o motivo da aflição.

Diante daquele silêncio concertado, El Kordi suspirou.

— Estou avisando, não é brincadeira — começou.
— Estou vindo da casa de Set Amina. Está cheia de policiais.

— Uma batida da polícia! — exclamou Yéghen.

— Não! Foi o que eu pensei no começo. Mas é muito mais sério. Acabam de assassinar a Arnaba, a nova residente.

Tendo conseguido o efeito surpresa, El Kordi se acalmou. Estava agora visualizando o ocorrido por um ângulo menos trágico.

— Sabem quem é o assassino? — perguntou Yéghen.

— Não. Só sabem que ele não roubou nada. Apenas estrangulou a garota. Aliás, isso é o que estava enlouquecendo o oficial de polícia. Ele não sabia o motivo do crime. Vim exatamente avisar vocês para não irem lá. Enfrentei um interrogatório, foi muito duro.

— Que tipo de interrogatório? — Yéghen quis saber.
— Bateram em você?

— Não se atreveram. Quando eu disse que era funcionário do governo, o oficial foi logo mudando o tom. Isso, aliás, me pareceu meio suspeito. Sujeito esquisito. Sabe que ele de repente começou a falar em inglês comigo?

— Ai, minha mãe! — disse Yéghen. — Inglês!

— Perfeitamente. Mas a Set Amina não gostou nada disso. Ficou indignada por estarem falando inglês dentro da casa dela.

— Conheço esse tipo de oficial. Ele quis blefar com você.

— Comigo não se blefa — retrucou El Kordi.

Pôs-se a contar o interrogatório, atribuindo-se o melhor papel e insistindo no alcance revolucionário das respostas ao oficial. Sua narrativa deixava claro que enfrentara um interrogatório violento mas se defendera com energia extrema.

— Literalmente, deixei ele bobo. Ele já não sabia mais como agir.

Calou-se ao perceber que Gohar não dizia nada. O silêncio do mestre num assunto tão importante e que tocava a todos de perto lhe parecia inexplicável. Será que, por acaso, ele estava morto naquela poltrona?

— O que você acha, mestre? Eu gostaria muito de saber a sua opinião. É um crime tenebroso, não é?

— Talvez tenha sido um engano, meu filho — respondeu Gohar, como se falasse consigo mesmo.

— Um erro? O que você está dizendo, mestre?

E então, sem esperar por uma resposta, El Kordi caiu na gargalhada.

– Ah! Esqueci de contar que havia lá um sujeito extraordinário. Ele afirmava ser amigo de um ministro...

Nisso, um homem descalço e vestido com farrapos empurrou El Kordi e entrou na loja; parecia desvairado.

– Onde está o barbeiro? Quero fazer a barba.

– Sou eu mesmo – disse Gohar, levantando-se. – Sua excelência queira sentar-se, por obséquio.

O homem desabou na poltrona e adormeceu de imediato. Logo escutaram-no roncar.

– Vamos embora – sugeriu Gohar.

– Eu bem que tomaria um copo de chá – assentiu El Kordi. – Essas emoções todas me deixaram com sede.

Com os braços dados, os três homens dirigiram-se para as luzes do café, brincando e rindo daquele mísero arrecadador que El Kordi encontrara no prostíbulo. Já tinham se esquecido do crime. Gohar ainda mais que os outros.

VI

Eram 11 horas da manhã. Sentado à sua mesa no Ministério de Obras Públicas, El Kordi se entediava observando o voejar das moscas. A grande sala iluminada por janelas altas, e que continha várias mesas às quais se atarefavam outros funcionários, era-lhe tão odiosa quanto uma prisão. Era de fato um tipo sórdido de prisão, onde se estava eternamente em contato com presos comuns. El Kordi teria aceitado estar preso, desde que numa cela só para ele e na posição de preso político. Seu rancor para com aquela promiscuidade provinha de nobres instintos aristocráticos dos quais não tinha a menor consciência. Ficava magoadíssimo com aquela falta de intimidade, que acabava se tornando insuportável. Como refletir à vontade, e sobre problemas de alcance universal, diante dessas figuras rígidas e empoeiradas, fadadas a uma escravidão sem fim? Para protestar contra aquela injustiça do destino, El Kordi abstinha-se praticamente de todo e qualquer trabalho, querendo marcar assim sua reprovação e sua independência espiritual. No entanto, como ninguém percebia o protesto, entediava-se.

Não se tratava, no caso dele, de simples preguiça; sua decisão tinha muito a ver com a vaidade ferida de se dedicar a um trabalho que poderia ser feito por uma criança. Estar trancado ali naquela sala de aparência fúnebre, na companhia de colegas medíocres, enquanto a vida lhe pedia algo mais, era como um insulto injustificado. O que fizera para merecer um castigo como aquele? El Kordi se julgava destinado a situações desesperadas, sem dúvida, mas gloriosas. Ao ver-se assim, reduzido àquele vazio, àquela rotina burocrática, estúpida e vã, duvidava de seu destino. Na verdade, não sabia o que mais poderia fazer. Quando se sentia vítima de um tédio imenso, como agora, imaginava facilmente a miséria do povo e a tenebrosa opressão que o afligia; gostava então de sonhar com uma revolução brutal e sangrenta. Porém, uma vez na rua e misturado à multidão, a miséria do povo se tornava um mito, uma abstração, perdia toda a virulência de matéria explosiva. Sentia-se atraído antes de tudo pelos detalhes pitorescos daquela miséria, pela grandeza de seu humor inesgotável, e acabava esquecendo sua missão redentora. Por um mistério inexplicável, enxergava naquele povo miserável uma capacidade tão intensa de ser alegre, uma vontade tão evidente de felicidade e segurança, que chegava a pensar que era o único homem desafortunado deste mundo. Onde estava a infelicidade? Onde estavam as devastações da opressão? Parecia que todas as imagens que forjava acerca daquela miséria recuavam para o vazio, feito fantasmas gerados pelo sono. El Kordi tinha que esforçar-se para descobrir o elemento doloroso indispensável para sua revolta. Ali, onde deveria entristecer-se e segurar as lágrimas, uma risada imensa o sacudia.

Aquilo não era sério. El Kordi teria desejado um povo à sua medida: triste e motivado por paixões vingativas. Mas onde encontrar esse povo?

Sonhava em ser um homem de ação; seu sangue jovem fervia de impaciência. Aquele trabalho ridículo, executado em troca de um salário de fome, não contribuía para aplacar-lhe a sede de justiça social. Tinha tanto nojo daquilo que na maior parte do tempo repassava as tarefas para colegas menos afortunados – casados e pais de vários filhos – em troca de uma honesta retribuição. Assistia-se assim, todo final de mês, a um espetáculo paradoxal: os colegas que tinham realizado algum trabalho para El Kordi vinham cobrar os magros honorários fazendo fila defronte a sua mesa. Nessas horas, El Kordi adotava o ar extenuado de um patrão pagando os assalariados. Contudo, com o pouco dinheiro que lhe restava, conseguia se virar para viver. Levava uma vida de extrema pobreza, porém decente e, na visão dele, muito digna. Salvar as aparências era sua preocupação constante. Por exemplo, quando era obrigado a alimentar-se de favas fervidas, falava para o vendedor que estava cansado de comer frango e que um prato popular decerto atiçaria seu apetite blasé. O vendedor não se deixava iludir, mas a honra estava salva.

    De seu lugar, contemplava distraído os horríveis colegas e imaginava ver por toda parte as correntes da escravidão. Aquela obrigação de algumas horas por dia imposta a sua liberdade tornava-o extremamente sensível à dor das massas oprimidas do universo. Mexeu-se na cadeira, soltando um suspiro ruidoso. Alguns dos escravos, ocupados em trabalhar com seriedade, levantaram a cabeça e dirigiram-lhe um olhar cheio de incompreensão. El Kordi respondeu àqueles olhares tristonhos com uma espécie de careta agressiva. Desprezava todos eles. Não era com aquela mísera corja que se faria a revolução. Estavam ali havia anos – quantos, ninguém saberia dizer –, enraizados no mesmo lugar, cobertos de pó, os rostos mumificados. Um legítimo museu de horrores. Só de pensar que um dia talvez ficasse igual a eles, El Kordi estremeceu e quis partir sem demora. Depois pensou que ainda não era um horário decente para ir embora, e ficou se entediando tranqüilamente.

Para escapar à influência deprimente dos colegas, El Kordi tentou refugiar-se em seus devaneios amorosos. Não tornara a ver Naïla desde a noite do crime, ou seja, fazia três dias, e estava começando a sentir os efeitos nefastos de uma castidade forçada. O prostíbulo continuava sendo vigiado pela polícia; era muito arriscado tentar aventurar-se por lá. El Kordi pensou na moça, fantasiando-a doente e solitária; imaginou-a agonizante, pedindo para vê-lo e pronunciando o nome dele num último suspiro. Durante um longo momento, se deleitou com aquela visão patética, e então, de repente, veio-lhe o desejo de escrever uma carta para Naïla. Falaria de seu amor e, ao mesmo tempo, do sofrimento do povo. Infelizmente, não foi possível pôr o projeto em execução: não encontrava sua pena em lugar nenhum. Lembrou-se então que o chefe de setor a confiscara já fazia algum tempo, sob o falacioso pretexto de que estava enferrujando por falta de uso. El Kordi primeiro sentiu a raiva tomar conta de si ao lembrar daquela humilhação, mas logo experimentou um alívio profundo; agora tinha uma desculpa para não escrever a carta, sem contar o fato de que Naïla não sabia ler.

Umas moscas que voavam pela sala pousaram no nariz de El Kordi. Ele tentou apanhar algumas, planejando submetê-las a um destino atroz, porém o páreo estava duro. De tão embrutecido que estava, faltava-lhe agilidade para esse tipo de distração. Com seus recursos quase se esgotando, apoderou-se pela décima vez do jornal jogado sobre a mesa e percorreu-o com o olhar. Várias manchetes proclamavam que o mundo inteiro estava se armando para uma futura guerra. No jornal parecia algo distante, sem ressonância direta na vida cotidiana. Era proclamado com uma indecência tal que não dava para acreditar na realidade da coisa. Porém El Kordi encontrava-se àquela hora num estado de espírito melancólico, que o deixava atento ao mínimo perigo: pela primeira vez, o anúncio de todos aqueles armamentos pareceu-lhe encerrar uma realidade concreta e monstruosa. Já não eram simples palavras impressas num jornal. O acúmulo de tal potencial de guerra pareceu-lhe não apenas dirigido contra a humanidade, mas quase contra sua própria segurança. Como se ele, El Kordi, estivesse sendo particularmente visado pela ostentação obscena de todos aqueles exércitos em marcha. Uma angústia terrível tomou conta dele. Assim, o massacre era premeditado: queriam sua pele. Enquanto isso, o que ele fazia? Ficava sentado à mesa, tranqüilo, vulnerável e sem defesas. Precisava fazer alguma coisa; para começar, comprar uma arma. Num contexto em que o mundo inteiro estava se armando, seria insensato ficar de mãos vazias, esperando que alguém o viesse matar. Não se deixar levar e responder à ameaça. "Eu deveria falar com Gohar sobre isso", pensou. Mas a idéia de um Gohar armado de metralhadora o fez sorrir. Era o primeiro sorriso do dia.

Com o espírito relaxado por aquele pensamento engraçado, El Kordi não conseguiu resistir muito mais tempo ao chamado da rua; já tinha brincado o suficiente de justiceiro de interiores. Ergueu-se da cadeira.

– Ezzedine Efêndi!

Era o chefe do setor, um velho quase cego. Óculos enormes o tornavam parecido com um animal pré-histórico. Com o rosto grudado no dossiê em que trabalhava, perguntou em tom resignado:

– O que foi?

– Vou me ausentar por um momento.

– Não se acanhe, meu filho. Acredite, certamente nós vamos lamentar a sua ausência.

Aquelas palavras irônicas não se destinavam a deter El Kordi em sua determinação. Fazia tempo que estava habituado àquelas insolências oratórias. Não ignorava que o chefe de setor considerava a saída benéfica; a presença de El Kordi só tendia a perturbar o bom andamento do trabalho. Ele era um mau exemplo para os companheiros de infortúnio.

— Saudações!

— Não se sinta obrigado a voltar — disse Ezzedine Efêndi. — Demore o quanto for necessário.

El Kordi deu de ombros e, sem um olhar sequer aos indolentes colegas, deixou a sala.

A esperança de uma revolução não passava, no fundo, de um paliativo para seu tédio; uma vez nos jardins do ministério e livre dos carrascos, El Kordi não pensou mais no assunto. O sol primaveril, a suavidade do ar, fizeram brotar idéias sensuais e ele apressou o passo. Ao desejo de rever Naïla e dormir com ela, somava-se a curiosidade de descobrir, quem sabe, alguma coisa sobre aquele crime enigmático e gratuito. Afinal, estava envolvido no crime; não podia se esquecer disso. O interrogatório do oficial de polícia fizera-o tomar gosto por aqueles diálogos audaciosos em que ele parecia aproximar-se de um perigo muito mais interessante do que as maravilhosas elucubrações de sua mente. O perigo era real, não era brincadeira. O oficial não estava brincando quando o interrogara. El Kordi empertigou-se todo à lembrança daquela conversa: como primeira experiência, não tinha dúvida de que obtivera sobre os representantes da autoridade uma vitória esmagadora. Estava disposto a medir-se novamente com aquele oficial ignorante. Não tinha medo de ninguém. Que viessem prendê-lo se tivessem coragem.

Foi tomado por um espanto repentino. Teve a sensação de estar pensando no oficial sem animosidade nem rancor, mas sim com uma alegria um pouco turva, um prazer sádico. "Que estranho!", pensou consigo mesmo. Até agora seus sentimentos para com Nour El Dine eram ditados pelo mesmo ódio invariável que sentia por todos os que, de perto ou de longe, personificavam o poder e a injustiça. De repente, acabara de descobrir um fato extraordinário: Nour El Dine não era apenas um policial vil, era também um homem acometido por desejos e tormentos que se juntavam, para além do trabalho sujo, ao desamparo infinito em que se debatia a maioria dos seres humanos. Adquiria assim um rosto novo, e era naquele rosto que El Kordi pensava com emoção perturbadora. Tentava se lembrar de um incidente singular que lhe parecera, durante o interrogatório, extrapolar os limites da simples rotina policial. O que fora mesmo? Ah! Sim, o oficial pusera-se a falar com ele em inglês: uma língua que só eles dois compreendiam.

Por que motivo? Havia mesmo algo suspeito naquele diálogo em língua estrangeira, como se Nour El Dine, negligenciando o interrogatório, quisesse criar entre eles um laço de intimidade dúbia. Lembrava-se com exatidão do jeito satisfeito, do tom suave da voz – um tom de confidência que contrastava totalmente com os modos anteriores – quando falara sobre a relação de El Kordi com a jovem Naïla. Por um momento, tivera a impressão de que o oficial saíra do papel de funcionário obtuso para tornar-se um ser humano desejoso de agradar e seduzir. Seduzir ele, El Kordi. Então era isso. Por Deus! Agora entendia. Nour El Dine, o oficial de polícia, o digno símbolo da autoridade, não passava de um pederasta vulgar.

Enquanto especulava sobre o valor humorístico da descoberta, El Kordi atravessou o bairro burguês dos ministérios, penetrou num labirinto de vielas populosas e, sem dar-se conta, viu-se defronte do prostíbulo de Set Amina. Durante todo o trajeto, não prestara a menor atenção nas diversas injustiças sociais que normalmente entristeciam-lhe o olhar pela monótona repetição. A idéia de que o oficial de polícia era pederasta deixava-o tão contente que chegava a esquecer-se de toda a raiva que sentia pelo poder e seus detentores. O medo que experimentara nesses últimos dias – sem ousar confessá-lo – transformara-se em otimismo extravagante e pueril.

Claro que um pederasta não iria lhe meter medo. Agora estava ansioso por encontrar Nour El Dine.

Um sorriso de satisfação iluminava seu rosto, em geral falsamente taciturno, quando bateu à porta do prostíbulo.

– El Kordi Efêndi! – exclamou Zayed. – Por Alá! O que está fazendo aqui? A casa está fechada, não estamos mais trabalhando.

– É uma mera visita de cortesia – retrucou El Kordi. – Me deixe entrar.

– Estamos sendo muito vigiados. Alguém viu você?

– Não, ninguém me viu. Fique tranqüilo, me fiz invisível.

– Então entre logo. A polícia está de olho em nós.

El Kordi entrou e observou Zayed fechar a porta.

– Por que será que você ainda não está na cadeia?

– Ora, ora, El Kordi Efêndi! – disse Zayed num tom extremamente assustado. – Por favor, sem brincadeiras desse tipo. De repente, alguém ouve.

– Quem?

Mas Zayed, sem responder, dirigiu-lhe um olhar de censura e desapareceu no corredor com uma velocidade inquietante. Parecia ter sido picado por uma cobra.

El Kordi ficou em pé na sala de espera, aparentemente satisfeito com a brincadeira de mau gosto. Parecia que havia passado anos sem estar ali. Porém nada mudara naquela sala; a mesa e as poltronas de vime continuavam no mesmo lugar. A própria Set Amina parecia não ter se movido desde aquela noite fatal em que a polícia invadira a casa. El Kordi a avistou na penumbra, ainda agachada no sofá, com uma mão apoiada na face lívida, apresentando o espetáculo da pior desolação.

Ele se aproximou.

– Saudações, mulher! – cumprimentou, fazendo uma reverência. – Não se preocupe mais com nada, estou aqui para defender você.

Ela o vira entrar e conversar com Zayed, mas se fazia de arruinada demais para continuar se interessando pelos ruídos falaciosos do mundo!

– É você? – disse, olhando para El Kordi como se ele fosse um fantasma. – Você está louco de vir aqui! Eles me proibiram de receber clientes. Quer me ver morta?

– Não estou aqui na qualidade de cliente, mulher! Vim visitar a minha noiva.

– Noiva! Escutem só essa, pessoal.

– Sim, perfeitamente, minha noiva! Você talvez não esteja sabendo, mas, tendo em vista as circunstâncias, estou comunicando.

Set Amina deu um suspiro e calou-se. Desde a infância tinham lhe ensinado a não contrariar os loucos.

Aquele El Kordi perdera mesmo a cabeça. Como se ela já não tivesse incomodação suficiente!

– E quando é o casamento? – ela perguntou, em tom lúgubre.

– Muito em breve. Vim anunciar a ela a boa-nova.

– Muito bem. Sente-se. Primeiro quero falar com você.

El Kordi pegou uma poltrona e acomodou-se junto do sofá, de frente para a proprietária.

– O que você tem para me dizer?

Set Amina pareceu sair da letargia e, pela primeira vez, mexeu-se no sofá. No fundo, apesar do medo que sentia da polícia, a visita de El Kordi enchera-a de alegria; por fim encontrava um interlocutor aceitável que poderia apreciar corretamente os queixumes de sua alma machucada. A trágica situação predispunha-a a confidências, e ela não tinha com quem se abrir. As meninas eram muito bobas e estavam muito ocupadas com suas insípidas baboseiras para dar ouvidos a suas lamentações. Tentara interessar Zayed, o criado, por suas desgraças, mas ele parecia tão apavorado com a polícia que só falava em ir embora. El Kordi chegara bem a tempo: mais um ou dois dias e ela morreria sufocada.

– Então, meu filho! Você viu que desgraça se abateu sobre mim! O que eu fiz a Deus?

– Não foi nada – disse El Kordi.

– Como? Você acha que não é nada? Por Alá! Um crime desses! E ainda por cima na minha própria casa.

– São coisas que acontecem nas melhores casas. Acredite, você está se preocupando à toa.

– Que Deus te ouça, meu filho. Estou me sentindo tão velha quanto o mundo.

– Você, velha! – escarneceu El Kordi. – Ora essa! Eu resolveria o seu problema se você quisesse!

– Cale a boca, menino sem-vergonha! Eu poderia ser sua mãe!

Aqueles protestos veementes de mulher indignada eram puro fingimento. El Kordi sabia, e se divertia com isso. Via como ela se remexia no sofá, animada, na opinião dele, com a indireta atrevida. Mas a verdade era bem outra: Set Amina estava longe de estar suscetível, naquele momento, a provocações daquele tipo. Uma coisa a preocupava acima de tudo: a conversação em língua estrangeira ocorrida naquela memorável noite entre El Kordi e o oficial de polícia.

Ela inclinou-se para a frente, segurou o braço do rapaz e puxou-o para si.

– Olhe dentro dos meus olhos e me diga a verdade.

– O que você quer saber? – perguntou El Kordi, um pouco preocupado com os modos dela. Será que a coitada estava de fato pensando que gostaria de dormir com ela?

— Me diga. O que ele te falou em inglês?
— Mas quem, mulher?
— O oficial de polícia. Vocês falaram em inglês. Eu não entendi, mas sei que era inglês. Eu não sou burra, sei reconhecer as línguas.
— Era uma conversa de ordem privada — disse El Kordi. — Não tinha nada a ver com o crime.
— Tem certeza? Ele não falou de mim?
— Nem uma palavra. Por minha honra! Fique tranqüila.
— Ele me previu as piores desgraças. O que eu fiz para esse homem? Por que ele está descontando em mim? Por acaso tenho cara de assassina?
— O trabalho dele é assustar as pessoas. A mim também ele tentou impressionar. Mas repito: não tem a menor importância.
— Bem que eu queria acreditar.

Ela refletiu por um instante e depois disse com um sorriso estranho:

— Eu imaginava mesmo que era isso.
— O que você quer dizer?
— Não precisei de muito tempo para saber que tipo de homem era aquele. Que Alá me proteja! É um pederasta.

El Kordi recuou na poltrona e caiu na risada.

— É mesmo?

— Como se você não soubesse – retomou Set Amina – pelo jeito como ele te olhava. Ah, eu vi muito bem. Mais um pouco e ele te beijava na boca.

— Eu até desconfiei – confessou El Kordi.

Nada escapava à vigilância da velha cafetina; ela tinha sacado Nour El Dine desde o primeiro instante. El Kordi sentiu vergonha da própria falta de perspicácia. Que papel mais lastimável tivera naquela cena de baixa sedução! Era imperdoável o modo como se deixara engrupir. E ele ainda achou que estava zombando da autoridade!

— Então, já que você está tão de bem com Nour El Dine, tente amaciar ele. Peça para não me criar confusão.

— O que é isso, mulher? Eu não estou de bem. Pelo contrário, estou reservando umas surpresinhas para ele. O que você pensa que eu sou? Não sou o efebo que você imagina.

— Não faça isso, meu filho! Você quer me arruinar. Olhe para esta casa, que tristeza! E as meninas agora passam o tempo todo dormindo. Estão com uns hábitos terríveis. Como eu vou fazer para elas retomarem o gosto pelo trabalho?

— Eu venho dar uma mão – prontificou-se El Kordi. – Nada me daria mais prazer.

Ele se levantou.

— Agora vou indo. Saudações! A Naïla está no quarto dela?
— E onde mais poderia estar? Estou falando, elas só sabem dormir. Parecem não desconfiar do destino que nos espera. Sou a única por aqui que se preocupa. Enfim, tente não chamar muito a atenção quando sair, parece que tem um policial à paisana rondando a casa.
— Não se preocupe. Vou tomar cuidado — prometeu El Kordi.

O quarto de Naïla se parecia com todos os outros quartos ocupados pelas meninas para as tarefas de prostituição, mas, sempre que atravessava a soleira, El Kordi sentia um vago mal-estar, uma espécie de pavor supersticioso. Aquela sensação penosa devia-se em parte ao cheiro de remédio que impregnava a atmosfera fechada do quarto. Ele não conseguia afastar o pensamento daqueles remédios, escondidos dentro do armário com espelho para não espantar os clientes. Somente por causa deles reconhecia a enfermidade da amante; eram o único sinal visível de um sofrimento cujo alcance interno ultrapassava o entendimento de El Kordi.

Por nunca ter adoecido, ele tendia a julgar o sofrimento dos outros pelo caráter aparente de seu mal. Como a tuberculose que devorava Naïla não se manifestava por nenhum ferimento aparente, ele experimentava apenas piedade com pitadas de ceticismo.

No fundo, aquele cheiro de remédio o deixava numa situação embaraçosa: lembrava-lhe de repente que se achava no quarto de uma doente. Era muito desagradável. Viera ali animado por desejos sensuais, com a intenção de fazer amor e não de penalizar-se.

No entanto, sentiu um aperto no coração, e um imenso carinho tomou conta dele à vista da moça estendida na cama. Ela descansava, de olhos fechados, com a respiração ofegante, o rosto pálido marcado por uma tristeza infinita. Em meio à emoção, El Kordi mal a reconhecia; por um instante esqueceu as exigências da sensualidade e só pensou em salvar de uma morte abjeta aquela criatura que o destino cego jogara em seu caminho.

Aproximou-se da cama.

— Minha querida!

Naïla abriu os olhos e o mirou com espanto.

— É você?

— Sim, querida. Como vai você?

— O que importa? Desde quando você se preocupa com a minha saúde?

Já estava partindo para a ofensiva; como sempre, queria proclamar sua solidão, demonstrar que não podia fazer nada por ela.

— Eu não pude vir antes. Você não está entendendo: a casa está cercada pela polícia.

— Quer dizer que a polícia agora te assusta. Pensei que por mim você atravessaria um incêndio.

— É verdade, minha querida! Mas não se tratava apenas da polícia. A verdade é que andei me ocupando com muitas coisas. Preciso tirar você daqui o quanto antes. Resolvi que não é possível que você continue levando essa vida.

— Você resolveu! Ora, permita-me dizer que esta é a minha vida, e que eu não quero outra.

— Entenda: queria ver você feliz.

— Meu Deus! E como você queria me fazer feliz? Com esse pobre salário do ministério você não faria feliz nem um gato morto de fome.

— Logo, logo eu vou ganhar muito dinheiro – disse El Kordi com um entusiasmo pueril. – Me meti num negócio colossal. Confie em mim.

Não acreditava numa só palavra do que estava dizendo, mas isso não tinha importância. O importante era aplacar a raiva de Naïla com mentiras apropriadas e inconseqüentes. Aliás, no fundo, tudo o que ela queria era acreditar nele; por mais que resistisse, sempre se deixava apanhar pelas belas palavras prodigalizadas pelo amante. Aquele amor bizarro que inspirava em El Kordi enchia-a de orgulho. Ele era tão diferente de todos os homens que conhecera na casa de Set Amina! E, embora fosse duro feito um mendigo, dominava-a pela condição social. Afinal, não se podia esquecer que El Kordi era um funcionário do Estado, fazia parte de uma classe superior da sociedade. Oprimida pelo horror da própria condição, Naïla só conseguia explicar aquela estranha paixão pela atração carnal que parecia exercer sobre o rapaz. De início, pensara que a enfermidade que a acometera o afastaria, mas, contrariando suas previsões, surpreendeu-se ao vê-lo mais ardente, mais apaixonado que nunca. A atitude mórbida do rapaz deixava-a perplexa. Ignorava que El Kordi a considerava a vítima expiatória de um sistema social que ele detestava e que, doente ou não, personificava aos olhos dele a imagem de um mundo deserdado.

    Ele compreendeu, pelo silêncio de Naïla, que a grande cena histérica terminara; sentou-se à beira da cama, inclinou-se sobre ela e começou a acariciá-la. Ela se deixou acariciar nas mãos, depois no rosto, depois no corpo. Parecia feliz e relaxada; seus olhos ardiam com um brilho febril. Mas o instante de abandono teve curta duração. De modo brusco, desvencilhou-se do abraço do amante e caiu repentinamente em prantos.

    – Querida, o que foi?

    – É horrível! Não consigo me esquecer dela. Coitada da Arnaba!

— Acalme-se — disse El Kordi. — Não pense mais nisso. Chorar não vai trazer a Arnaba de volta. A gente não pode fazer nada.

— Fico me perguntando quem pode ter cometido um crime tão horrendo. E sem motivo, ainda por cima!

— Por Alá, eu não sei. Mas deve ser um sujeito muito inteligente.

— O que leva você a dizer isso? O que tem de inteligente no fato de assassinar a coitada da garota?

— Em todo caso, nunca vão conseguir prender o assassino. Principalmente se tiverem que contar com aquele oficial ignorante.

— Você falou com ele? Ele interrogou você de novo?

— Não. Mas espero falar com ele qualquer dia desses. Ainda tenho muito para contar.

— O quê? Me diga.

El Kordi deu um sorriso astuto.

— Não tem nada a ver com o crime — disse. — É um assunto pessoal entre nós dois.

— Eu te suplico, não vá se meter em confusão. Eu te conheço.

— Por acaso sou alguma criança? — protestou El Kordi. — Não tenho medo de ninguém. Esse oficial está na palma da minha mão.

Na verdade, aquilo não passava de conversa fiada. Nour El Dine deixara de ser um inimigo temível. Até aquele momento, El Kordi contentara-se em considerar aquele assassinato gratuito como assunto pessoal, uma espécie de luta épica entre ele e a polícia. Porém agora um personagem novo surgira no drama, um personagem que ele deliberadamente descartara como inexistente: o criminoso. No entanto, ele existia. A jovem Arnaba não estrangulara a si mesma. El Kordi se perguntava se o conhecia, porque, se fosse um cliente do prostíbulo, era provável que o conhecesse. Conhecia todas as pessoas que vinham à casa de Set Amina. Fez um esforço para se lembrar de cada um deles, mas eram todos tão apagados, tão impalpáveis, que a idéia de acusá-los de um crime parecia uma imensa zombaria.

As reflexões o levaram a considerar uma investigação secreta; evidentemente não para mandar prender o assassino; El Kordi jamais teria aceitado denunciá-lo. Seria só para descobrir, com o próprio assassino, as razões que o levaram a agir. Afinal, talvez fosse um crime político, já que nada fora roubado. O motivo. Aí estava o que seria interessante descobrir.

Olhou para seu rosto no espelho do armário, lembrou-se dos medicamentos guardados lá dentro e desviou a cabeça.

– Muito bem! Vou tirar a roupa. Dê um lugar para mim na sua cama.

– Você só pensa nisso – disse Naïla.

Havia certa amargura na voz dela.

— Mas é claro, minha querida — retrucou El Kordi.

— No que mais você queria que eu pensasse?

— Como você pode gostar de uma mulher doente que nem eu? Estou tão feia agora.

— O que importa a sua beleza física? Você ainda não entendeu: é da sua alma que eu gosto.

Quando se tratava de dormir com uma mulher, El Kordi podia dizer de tudo. Nada o detinha. Nesse terreno, as piores mentiras lhe pareciam inclusive indispensáveis.

Embora pouco convencida pela profissão de fé do amante, Naïla guardava silêncio. De nada adiantava discutir as afirmações extravagantes de El Kordi; jamais saberia a verdade quanto aos motivos nem quanto ao tamanho do amor dele. Ele era mesmo um filho de um cão! Falar que gostava da alma dela! Era um tanto exagerado. Ela o observava tirar a roupa e a colocar metodicamente sobre uma cadeira. Seria pela alma dela que tirava a roupa? Idiota! Quem acreditaria nisso? Ela quase caiu na gargalhada, mas conteve-se. Não cessava de mirá-lo, com olhos petrificados de angústia. Só pensava no assassino. A angústia surgira no trágico instante em que escutara os gritos de Set Amina e as exclamações horrorizadas das meninas. Na solidão de seu quarto, e antes mesmo de compreender o sentido daquele tumulto, fora tomada por um pressentimento sombrio. Só mais tarde estabelecera a relação entre o crime e a presença de El Kordi dentro da casa naquele mesmo dia. Aquela simples coincidência, assim como a atitude do rapaz durante o interrogatório da polícia, fora suficiente para criar na mente de Naïla uma dúvida insuportável. E se ele fosse mesmo o assassino?

Durante aqueles três dias em que não tornara a ver o amante, Naïla tentara em vão livrar-se da terrível suspeita. Porém as reticências de El Kordi e o mistério de sua relação com o investigador de polícia só vieram reforçar-lhe os temores. Tinha vontade de questioná-lo, mas faltava coragem.

El Kordi agora estava nu; mesmo assim, conservava a dignidade, já que esquecera de tirar o tarbuche. De repente, deu-se conta do fato, tirou-o e deixou-o na cadeira, sobre as roupas bem dobradas. Em seguida foi deitar-se junto à moça, tomou-a nos braços e apertou-a junto ao peito com ares protetores.

— Me diga uma coisa: não foi você?
— Eu o quê, mulher?
— Que matou Arnaba.
— O que você está dizendo? Ficou louca?
— Fiquei pensando esses dias todos que talvez fosse você. Estava morrendo de medo. Quer dizer que não foi você?

– Mas é claro que não fui eu. O que você está inventando? Eu não matei ninguém.

Franzindo o cenho, ele refletia, com a cabeça de Naïla deitada no ombro. Quer dizer que ela suspeitava que ele fosse o autor do crime. El Kordi estava consternado; no entanto, o que mais o transtornava era uma idéia diabólica que acabara de brotar em sua cabeça. E se a deixasse acreditar que era o assassino da jovem prostituta? O que teria a perder? Era uma oportunidade inesperada de cobrir-se de uma glória romanesca, de fazer-se de herói tenebroso.

Ficou tão contente com a idéia que pensou em fazer amor. Sem se mexer, pôs-se a mordiscar a orelha da mulher, ao mesmo tempo em que lhe murmurava obscenidades divertidas.

Quando quis possuí-la, Naïla olhou dentro dos olhos dele e pediu:

– Jure que não foi você.

– Juro! Vamos, fique quieta. Não vamos mais falar nisso.

Mas havia no tom da voz de El Kordi como que um apelo à dúvida, um desejo evidente de que não se devia acreditar nele. Naïla teve consciência disso de forma tão clara que o sangue gelou em suas veias; ficou muito tempo inerte e rígida nos braços dele.

VII

A sordidez do cenário tornava ainda mais aparente a sensação de decadência. Aquela confeitaria era realmente nojenta, mas tinha a vantagem de estar situada nos confins da cidade indígena, numa zona que só a ralé e os cães errantes freqüentavam. Era o lugar ideal para o tipo de encontro que Nour El Dine apreciava; depois de vários outros, ele o escolhera para abrigar seus amores clandestinos. Ali, pelo menos, não corria risco de haver nenhuma indiscrição. É verdade que seus jovens amigos não partilhavam nem um pouco esse ponto de vista; não gostavam de ser convidados para aquela espelunca insalubre que Nour El Dine insistia em chamar de confeitaria, onde só se serviam tortas intragáveis. Que prazer havia naquilo? Eles se perguntavam se Nour El Dine queria mortificá-los, e quebravam a cabeça para entender por quê. Isso acabava por dar aos encontros um clima sinistro, propício a finais infelizes. O próprio Nour El Dine se sentia pouco à vontade naquele cenário imundo. Deplorava as circunstâncias que o obrigavam a esconder-se feito um conspirador. Mas como fazer de outro jeito? O uniforme de oficial de polícia não facilitava as coisas; onde quer que fosse, sentia-se alvo de todos os olhares. Decerto prestariam menos atenção nele se andasse pelado.

Como precaução adicional, Nour El Dine escolhera uma mesa no fundo da loja. Sentado à sua frente, o jovem Samir mantinha um silêncio tenaz, que parecia premeditado; desde que chegara não abrira a boca. Em cima da mesa havia dois pratinhos, ambos com um pedaço de doce de aspecto indescritível. Nenhum dos dois tocara no prato. Aliás, era sempre assim: eles só pediam por pedir. Era preciso estar mesmo faminto, ou pelo menos sem mais nenhum recurso, para resignar-se a comer aquela abominação.

— Você não está comendo — Nour El Dine acabou falando, para romper o silêncio.

Que gafe. O jovem Samir estremeceu de nojo e fixou em Nour El Dine um olhar de desprezo mordaz.

— Comer essa coisa! Francamente, senhor oficial, está me achando com cara de quê?

— Meu caro Samir, me perdoe. Falei sem pensar. Por favor, nem toque nisso.

— Ora! Você faz de propósito.

— Faço o quê?

— Me convida para um lugar nojento que nem este!

— Eu já expliquei. Não posso me permitir freqüentar lugares onde estou arriscado a deparar com conhecidos.

— Por quê? Tem vergonha de mim?

— Não é isso. E você sabe muito bem. Meu caro Samir, compreenda. Ficar aqui é tão penoso para mim como para você. Mas as circunstâncias exigem.

Samir caiu numa risada sarcástica.

— As circunstâncias! Você chama isso de circunstância!

— Por favor, acalme-se.

Samir reassumiu o jeito emburrado e não falou mais nada. A atitude pouco conciliatória de Nour El Dine enchia-o de nojo. Era um rapaz de 18 anos, com feições finas e regulares, não isentas de certo charme viril. Estava com a cabeça descoberta e usava uma camisa de gola aberta e um paletó esporte de bom corte que denotava suas origens burguesas. Não tinha nada dos modos efeminados que caracterizam a maioria dos invertidos; aliás, estava longe de ser um. As relações que mantinha com Nour El Dine não tinham nada a ver com paixão ou lucro, tinham por base um sentimento de ódio feroz e irrevogável. Aquele ódio não se devia apenas a uma antipatia particular; o que Samir detestava mais que tudo em Nour El Dine eram os princípios daquela moral conformista com a qual tanto sofrera em sua própria família e de que o oficial de polícia parecia ser a perfeita encarnação. Depois do pai – o procurador, aquele íntegro assassino –, Nour El Dine era a pessoa que mais odiava. Ter em seu poder um representante tão ativo daquela tribo de hipócritas, vê-lo revelar-se e suspirar pela mais baixa das paixões, proporcionava-lhe um prazer quase sádico. De modo que os encontros com Nour El Dine tinham como único objetivo permitir que Samir aprofundasse o ódio, que conhecesse suas múltiplas ramificações.

Há alguns meses, e sem que a família soubesse, abandonara a universidade onde cursava direito, com a intenção de estudar a vida, não nos livros, mas na prática cotidiana das ruas.

Nour El Dine não conseguia compreender por que o rapaz aceitava encontrar-se com ele. Aquilo continuava sendo um mistério. Até o momento, não conseguira dormir com ele nem mesmo obter sua confiança. Os argumentos que costumava usar para conduzir esse tipo de conquista só acabavam estimulando a ironia ferina do rapaz. Ele se defendia com golpes de sarcasmo, mostrando inteligência e esperteza notáveis. Era esta a dificuldade: ele era demasiado inteligente. Em certos momentos, Nour El Dine tinha a impressão de que Samir zombava dele abertamente e que vinha aos encontros com o deliberado intuito de provocá-lo.

— Me desculpe — disse com contrição. — Eu sei que esse lugar não está à sua altura. Mas também por que você não quer ir até o meu apartamento? A gente ficaria muito mais à vontade para conversar.

— Conversar! Que armadilha mais grosseira, senhor oficial. Está me achando com cara de criança?

— Meu caro Samir, você está me ofendendo de verdade. Do que tem medo?

— Não tenho medo de nada — retrucou o rapaz, dirigindo a Nour El Dine um olhar cheio de ódio. — Mas não vou até a sua casa.

Nour El Dine empalideceu sob o impacto daquele olhar cheio de ódio. Claro, esperava ter que lutar contra alguma aversão, ou mesmo suportar algumas feridas no amor-próprio, porém nunca imaginara deparar, nesse jovem efebo tão distinto, com um sentimento tão exorbitante como o ódio. Era um obstáculo com o qual não contara. Transtornado, levou a mão à testa como um homem atingido por uma dor mortal. Não se esquecia, no entanto, de sua situação crítica. A todo instante lançava um olhar para a entrada da confeitaria, temendo ver alguma pessoa conhecida. Aquele temor era estúpido. Nenhum conhecido seu poderia entrar naquele lugar sórdido. Estavam mesmo sozinhos, relegados aos confins do mundo, e escapavam a todos os olhares. O próprio dono estava de costas para eles. Ocupava o balcão instalado à entrada da loja, espantando as incontáveis moscas e elogiando para os transeuntes as delícias de sua abjeta mercadoria. A maioria dos clientes comia seu doce em pé na viela; alguns o levavam embrulhado numa folha de jornal. Eram pessoas caladas, rebaixadas a um tamanho grau de decadência que pareciam viver graças a uma espécie de milagre. Nour El Dine não conseguia acreditar naquela realidade. Fechou os olhos, abriu-os, contemplou o rapaz sentado diante dele e suspirou.

Os doces abandonados nos pratos tinham atraído uma multidão de moscas. Em vão Samir tentava espantá-las; elas viravoltavam, desabavam no rosto dele, quase lhe entravam pelos olhos.

– Essas malditas moscas ainda acabam me matando – ele disse, furioso. – Vamos embora.

– Por favor. Fique mais um pouco.

– Para quê?
– Não está gostando da minha companhia?

O jovem Samir deu um sorriso irônico que desesperou o oficial.

– E como! É uma grande honra e um grande prazer para mim. Mas tem uma coisa que me desola.

– O que é?

– Eu queria que nos vissem juntos para eu poder me gabar.

O sarcasmo era tão evidente que Nour El Dine não encontrou o que responder. Aquele espírito agressivo e os modos insolentes, embora se situassem na origem de sua paixão pelo rapaz, sempre o enchiam de pavor. Estava acostumado com mais submissão por parte de seus jovens amigos; entretanto eram na maioria seres vis e sem caráter. Só tinham a vantagem da beleza: eram quase mulheres. Samir era de outra classe. Nunca, nas variadas aventuras com os profissionais da inversão, Nour El Dine deparara com um sujeito tão distinto, um espírito tão altivo. Era a primeira vez na vida que experimentava uma afeição real por alguém. Já não se tratava de paixão sensual vulgar, fugaz e envergonhada, mas do encontro entre duas almas de elite. Aquele encontro o arrancara do horror da profissão, fizera-lhe vislumbrar prazeres espirituais que teriam tornado seu destino suportável.

Ainda estava estupefato com o olhar de ódio. Samir era demasiado jovem para conseguir odiar com tanta facilidade; devia haver um motivo excepcional. Nour El Dine tinha até medo de entender. Será que Samir era mais um revolucionário, um desses jovens que só sonham em derrubar o governo, para quem a polícia representa o que há de mais odioso? Isso explicaria aquela atitude. Nour El Dine contraiu as mandíbulas e quedou-se teso na cadeira como se a presença de um anarquista diante de si o chamasse subitamente de volta a seus deveres.

Porém não durou muito. Logo o suor apareceu em sua testa e suas feições expressaram derrota e humilhação. Adiantou a mão para tocar o braço do companheiro, hesitou um instante, e deixou-a cair para o lado num movimento de esgotamento extremo.

De repente, compreendeu que não podia permanecer muito tempo calado: precisava dizer algo, inventar qualquer coisa para reter o rapaz.

— Meu caro Samir.

— Sim.

— Prometo que da próxima vez levarei você a um lugar chique da cidade européia.

— Olhe só! O senhor oficial está se modernizando.

— Só que você teria que me fazer um favor, meu caro Samir.

— Qual?

— Bem, eu queria que você usasse algo na cabeça. Não é decente andar por aí sem nada.

— Então era isso! Deixe eu dizer: me visto do jeito que quero! Aliás, nem tenho tarbuche.

— Permita que eu te dê um de presente.

Nour El Dine achava que o rapaz ficaria com um jeito mais decente se usasse um tarbuche. Imaginava, erroneamente, que a juventude extrema de Samir trazia em si o sinal evidente da inversão.

— Um tarbuche. Ah, não! Eu queria um carro. Por que você não me dá um carro de presente?

— Está acima das minhas posses — respondeu Nour El Dine.

— Fique tranqüilo. Era brincadeira. O que eu faria com um carro? Aliás, não quero esconder nada, saiba que o meu nobre pai tem um. Nunca entrei nele... prefiro morrer.

— Por quê?

— Não vou dizer. Talvez você não seja capaz de entender.

Mais uma vez o silêncio se estabeleceu entre eles, quebrado apenas pelo vôo das moscas, mais pérfidas que nunca. Nour El Dine já não respirava mais; refletia rapidamente enquanto estudava o rapaz, cujas últimas palavras pareciam condená-lo para sempre. Acusá-lo de incompreensão equivalia a empurrá-lo abaixo do chão, a dar-lhe a entender que era um espírito obtuso, indigno de confiança. Era o tipo de insulto mais duro que podia existir para o amor-próprio de Nour El Dine. Não podia deixar passar sem reagir.

Respirou profundamente, olhou mais uma vez para a entrada da confeitaria – aquilo estava virando uma verdadeira mania – e disse, com um tremor na voz, como se se tratasse de discutir o fim do mundo:

– Como você pode dizer que sou incapaz de entender? Meu caro Samir, a sua desconfiança em relação a mim me despedaça o coração. Eu gostaria de saber tudo o que diz respeito a você. Ficaria muito feliz se estivesse em meu poder ajudar nos seus problemas. Espero que você não duvide disso.

– Você é muito gentil, senhor oficial – disse o rapaz, com um sorriso. – Mas não tenho nenhum problema.

– Então o que te deixa tão amargo? Desculpe, pensei perceber pelas suas palavras que a relação com o seu pai não é das melhores.

– Não me fale nesse homem. Tenho ódio dele!

Nour El Dine expressou sua consternação com um gesto grotesco. Então não se enganara; o que pensara ler no olhar de Samir era mesmo ódio.

– A esse ponto! Meu caro Samir, você me surpreende. Como é possível odiar o próprio pai?

– Você quer mesmo saber? Pois bem. É muito simples: meu pai é um sujeito parecido com você.

— O que você quer dizer? — inquiriu Nour El Dine, empalidecendo.

— Não! Não é o que você está pensando. Meu pai gosta mesmo é de mulher. Você se parece com ele numa coisa mais profunda, mais detestável também.

— Confesso que não entendo.

— Eu falei que você não ia entender. Mas isso não tem a menor importância.

Era a primeira vez que Samir falava com alguém sobre o pai, e que esse alguém fosse justamente aquele oficial pederasta, preocupado com a própria reputação, parecia-lhe um sinal do destino. Daquele ódio que sentia, não só pelo pai, mas por todas as manifestações do ideal burguês, quem mais além de Nour El Dine estaria qualificado para receber a confidência? Ele não era o braço armado, o vil mercenário que defendia aquela casta de assassinos fantasiados, mais sanguinários que os chacais do deserto? Samir crescera praticamente sozinho em meio a irmãos mais velhos, que seguiram os passos do honorável pai na via da ambição. Ele próprio escapara apenas por pouco à funesta tentação de um futuro confortável e fácil. Não quisera ser um advogado famoso? No entanto, desde a mais tenra idade, sentia-se um estranho naquele meio baixo e sórdido. Seu desejo de tornar-se um homem notável e considerado tivera curta duração. Acordara certo dia com náusea.

Durante muito tempo, recolhera-se a um desiludido desprezo. Mas o desprezo não passava de uma postura negativa que não levava a nada. A angústia que sentia por estragar sua juventude, cercado daquela podridão gloriosa e orgulhosa de si própria, acabou gerando nele um ódio implacável. Projetos de assassínio germinavam irresistivelmente em seu espírito. Ceifar a vida de seres tão vis parecia-lhe um dever, uma missão de excepcional grandeza.

Era chegada a hora de agir. No entanto, hesitava na escolha da primeira vítima. Por quem começar?

– Acho que um dia eu mato ele.

– Quem?

– O meu pai, ora! E sabe o que é mais engraçado? É que você talvez seja obrigado a me prender. Diga, senhor oficial, será que, apesar de todo o seu amor por mim, você faria isso?

Nour El Dine abaixou a cabeça, como se tivesse sido atingido no peito.

– Por Alá! Você perdeu o juízo – disse de um fôlego.

A fumaça que lhe invadia o cérebro tornou-se mais opaca; tinha a impressão de estar deslizando num poço sem fundo por uma eternidade. Em algum lugar lá fora, uma criança gritou uma obscenidade; um cão faminto latiu sem força; a campainha de um bonde passando nos arredores se pôs a ressoar feito um sinal de alarme.

Todos esses ruídos chegavam até ele como se tivessem atravessado uma bruma, feito os sons de um mundo estranho e longínquo. Ergueu a cabeça com o movimento de um homem se afogando, puxou a gola da túnica e então se pôs teso, com os olhos fixos na parede rachada da confeitaria, no ponto em que se exibia uma pintura ingênua que representava uma boda popular. Via-se o noivo, apoiado por dois amigos que carregavam buquês de flores e precedido por músicos de uniforme. Uma caleça descoberta, em que se amontoavam os convidados, acompanhava a procissão. As cores já tinham quase sumido, porém as linhas do desenho conservavam o frescor primitivo.

O rapaz acompanhara o olhar de Nour El Dine. Estava sorrindo.

– A sabedoria não é isso?
– O que você quer dizer?
– Você deveria se casar, senhor oficial.

Nour El Dine recebeu o golpe com estoicismo. A única resposta a esse golpe baixo de vulgaridade evidente seria uma ruptura. Mas romper com Samir era algo que ele não conseguia fazer. Entregara-se inteiramente àquela paixão; portanto iria até o fim, não importando o que acontecesse dali por diante.

Escapar àquela situação ridícula! Fugir daquele lugar maldito onde tudo conspirava para sua derrota!

A resignação, mais que a esperança, deu-lhe coragem para perguntar:

— Você não quer vir jantar na minha casa hoje à noite?

— Não – respondeu Samir.

— Por quê? Você não quer mais me ver?

— Se for só para te ver, você pode me convidar para um restaurante.

— Mas eu queria ficar sozinho com você. Você não tem nenhuma amizade por mim? Ora, meu caro Samir, seja homem.

Samir pareceu hesitar um instante, depois caiu na gargalhada; era a primeira vez que ria com franqueza.

O confeiteiro desviou o rosto gorduroso para eles e mirou-os com olhos viscosos dilatados de espanto. Dois ou três transeuntes já haviam se detido à entrada da loja. Um escarcéu! Era o que Nour El Dine mais temia.

— Calma. Vamos, por favor, nada de escândalo.

— Senhor oficial – começou Samir –, que lógica mais impecável! Quer dizer que você pretende dormir comigo e ao mesmo tempo quer que eu seja homem! Puxa vida! Sou forçado a dizer que isso tem uma graça sem igual.

— Você não entendeu – protestou Nour El Dine. – Não se trata realmente disso. Meu caro Samir, acho que existe um mal-entendido entre nós.

Ele se levantou, ajeitou o tarbuche e assumiu um ar decidido.

— Me desculpe, mas tenho que ir embora. Minhas obrigações me chamam. Vejo você outro dia. Saudações!

Com andar altivo e cenho franzido, passou pelo confeiteiro atônito e saiu.

Apressava-se, esgueirando-se pelo labirinto das vielas, passando por incontáveis barracos feitos de tábuas de madeira e galões de gasolina vazios. Retomara a atitude marcial e conquistadora, porém naquele bairro mal afamado seu uniforme de oficial não impressionava ninguém. Para temer a polícia é preciso ter algo a perder; ali ninguém possuía nada. Por toda parte havia a mesma miséria absoluta e desumana; o único lugar do mundo onde um agente da autoridade não tinha a menor chance de se fazer respeitar. Nour El Dine conhecia a mentalidade dos moradores daquela zona; sabia que nada poderia assustá-los nem fazê-los sair de sua estranha sonolência. Não havia neles nenhum rancor, nenhuma hostilidade, apenas um desprezo silencioso, um enorme desdém em relação à força que ele representava. Pareciam ignorar a existência de um governo, de uma polícia, e de uma civilização mecanizada e progressista. Aquele estado de espírito, característico das populações iletradas, feria Nour El Dine no mais fundo do ser, demonstrando-lhe a inanidade de seus esforços. Ele não podia deixar de interpretar aquela teimosia, aquela recusa de colaboração, como uma ofensa pessoal. A cada passo, tinha a impressão de que lhe cuspiam na cara. Transpirava, acometido por um mal-estar crescente. O nervosismo logo tornou-se pânico e, num ato tolo, pôs-se a correr. Em seguida, porém, diminuiu o ritmo, maldizendo a si mesmo e se xingando de imbecil. Aqueles filhos-da-puta também não iam meter-lhe medo. Controlou os nervos, resolveu assumir um andar tranqüilo e fixou os olhos à frente, com o ar de um homem que pensa e paira acima da confusão.

Aquela atitude, que ele queria superior, por pouco não lhe foi fatal. Olhando assim, direto à frente, pisou numa poça d'água, escorregou e quase se estatelou no chão. Atordoado, com movimentos desconexos, refugiou-se próximo a um barraco e examinou os sapatos e a parte inferior da calça, manchada de lama. O sentimento de vergonha, de perda irreparável do prestígio, fez com que permanecesse algum tempo sem se mexer, sem ousar levantar a cabeça. Que espetáculo mais risível devia estar oferecendo àqueles miseráveis! A fúria tomou conta de Nour El Dine e ele blasfemou baixinho. Depois levantou-se, ofegante de raiva, esperando pelo jorro das piadinhas e risadas. Mas não, não havia ninguém rindo.

Era pior, porém, do que se estivessem debochando. As humilhações de Samir, ainda presentes em sua memória, não eram nada em comparação àqueles olhares congelados em eterna consternação que se detinham nele como se lhe arrancassem sua suprema justificativa, o despissem da única roupagem que o tornava inviolável. Do ódio de Samir, dos sarcasmos, ele podia ao menos se defender, mas como responder àquela monstruosa indiferença, mais feroz que o mais implacável dos ódios? Nada no comportamento deles expressava aversão ou revolta. Pareciam considerá-lo um cão sarnento, um canalha. Por que não lhe atiravam pedras? Nour El Dine esperou por um gesto, porém nada sobreveio. Sempre a mesma imobilidade e a mesma indiferença mórbida. Foi só na hora de retomar o caminho que algo espantoso ocorreu. Em pé no meio da viela, uma menina de 6 anos, com as feições ocultadas pela sujeira, levantou o vestido e apresentou-lhe o sexo com um gesto de comovente simplicidade. Nour El Dine ficou lívido e, por um instante, pareceu titubear; então desviou a cabeça e fugiu o mais depressa que pôde.

Perguntava-se qual o sentido daquela cena alucinante. O gesto da menina parecia pertencer a um universo selvagem e incompreensível. Era um ato fantástico que ultrapassava a inteligência, vindo diretamente do amontoado de escombros e da podridão secular. "Maldita corja! Será que estou condenado a passar o resto da vida no meio desses párias?" Uma onda de amargura subiu-lhe à garganta quando pensou no papel que desempenhava naquele drama grotesco. Inepto papel, na verdade! O que o governo tinha na cabeça ao lhe confiar uma tarefa tão ingrata? Que justiça poderia surgir naquele depósito de imundícies, naquele campo de morte e desolação? Era absurdo procurar um delinqüente, mesmo primário, naquela massa cinzenta e pegajosa. Seria preciso prender todos eles. Nour El Dine não alimentava nenhuma ilusão; sabia que eram mais fortes. Durante anos vivera aquela triste experiência. A miséria inalienável, a recusa de participar do destino do mundo civilizado encerravam tamanha força que nenhum poder terrestre seria capaz de derrotá-las.

Lembrou que naquele momento apressava-se para ir despistar um criminoso, e pôs-se a rir com escárnio. Aquela investigação sobre o assassinato de uma jovem prostituta ainda lhe reservava muitos dissabores, disso tinha o funesto pressentimento. Ele a embaralhara um bocado com sua tendência de pressupor bastidores extravagantes num mero crime crapuloso. O desejo de desvendar um caso importante, de medir-se com um interlocutor de peso, impediam-no de ver a banal realidade. Entrava com tudo, de cabeça, como se a captura daquele assassino imaginário, assassino de uma raça superior, pudesse trazer um sentido a sua vida.

Deu um suspiro de alívio: finalmente saíra daquele inferno. Ali onde estava ainda não era bem a civilização, mas assim mesmo era mais suportável. Estava numa rua, numa rua de verdade, com carros e bondes, povoada de gente com jeito de gente viva. Eram pessoas que enchiam os terraços dos cafés, refesteladas em poses presunçosas, com ar jovial, interpelando-se e discutindo com notável otimismo. Pareciam não desconfiar de nada, como se a vida fosse uma coisa agradável. Nour El Dine sentiu mais uma vez a amargura surgir dentro de si. Por que só ele tinha que se dedicar ao horror? O espetáculo daquela humanidade entregue aos prazeres de uma festa perpétua causava-lhe uma inveja furiosa. Ressentia-se da despreocupação daquelas pessoas, de sua capacidade de desconhecer os princípios do mundo cujos fundamentos eram a tristeza e a contrição. Por que sortilégio elas conseguiam escapar à aflição coletiva?

A resposta àquela pergunta era de uma simplicidade pueril: elas não estavam nem aí porque não tinham nada a perder. Mas Nour El Dine negava-se a aceitar aquela verdade elementar. Teria sido, da parte dele, uma demonstração de anarquia.

Viu o policial à paisana sentado no terraço do café e foi direto para onde ele estava.

O homem se levantou.

– Saudações, excelência!

Era um homem de uns 40 anos, que vestia um casaco preto comprido e surrado e calçava botinas com botões amarelos; o pescoço magro estava envolto num xale amplo de cor marrom, cujas pontas esvoaçavam ao seu lado feito as asas de um corvo. Era caolho; entretanto o único olho valia por muitos, tal era seu brilho de malícia assassina.

– E aí? Conseguiu encontrar? – perguntou Nour El Dine.

– Sou obrigado a confessar que foi uma trabalheira. Mas acabei conseguindo. O filho-da-puta muda de residência a cada duas horas mais ou menos. Dá até para imaginar que ele não está com a consciência tranqüila.

Nour El Dine estava se impacientando.

– Onde ele está agora?

– No número 17 desta rua.

– É algum hotel? Qual é o nome?

– Não sei, não tem placa. O sujeito mora no primeiro andar, no quarto em frente à escada.

– Bem. Está dispensado, não vou mais precisar de você.

– Às suas ordens, meu bei!

Nour El Dine afastou-se do policial caolho, atravessou a rua e seguiu lentamente pela calçada ladeada de construções vetustas que ostentavam números ímpares. Ao cabo de alguns minutos, deteve-se enfim diante do número 17; durante alguns momentos, observou a fachada em mau estado, olhou para a direita e para a esquerda – como se temesse ser visto entrando num hotel tão vagabundo –, então transpôs a porta e penetrou num corredor escuro e fétido. Nenhum hoteleiro veio a seu encontro; o lugar parecia abandonado havia muitos anos. Nour El Dine, guiado pelo instinto mais do que pelos órgãos visuais, chegou a uma escadaria de pedra com degraus gastos e galgou-os até o primeiro andar; ao chegar lá, avistou na escuridão um semblante de porta e se pôs a dar fortes batidas com os punhos.

Ninguém respondeu às frenéticas pancadas. Nour El Dine espichou o ouvido; nada se mexia lá dentro. Sem esperar mais, girou a maçaneta, abriu a porta e entrou num quarto cujas dimensões e mobília foi incapaz de avaliar por falta de luminosidade. Era a mesma escuridão, bem pouco atenuada pela frágil luz do dia que penetrava pelos interstícios das persianas fechadas. A primeira impressão de Nour El Dine foi de que o quarto estava vazio. Mas aos poucos seus olhos se habituaram à penumbra e ele distinguiu uma cama, e nessa cama uma forma humana deitada sob as cobertas.

– Ei, você! Acorde!

A forma deitada sob as cobertas continuou inerte como um cadáver. Nour El Dine estava começando a ficar nervoso, achando que o homem talvez estivesse morto. Aproximou-se da cama e, com nojo indizível, ergueu os cobertores. A operação revelou o corpo de um homem inteiramente nu, cuja magreza esquelética teria enchido de pavor o coração mais endurecido.

— Que Alá nos guarde! — murmurou Nour El Dine.

O frio que sentiu ao ser descoberto daquele jeito teve no dorminhoco mais efeito que um terremoto, já que ele despertou, piscou, bocejou e acabou perguntando:

— O que foi?

— Polícia! — berrou Nour El Dine, como se quisesse, com essa única palavra, quebrar qualquer resistência no espírito do sujeito.

Mas aquela palavra, *polícia*, tinha decerto uma importância benigna para o ocupante da cama, porque ele respondeu com perfeita calma, ameaçando voltar a dormir:

— Pode revistar à vontade: não tem nem uma lasca de haxixe neste quarto.

— Não é disso que se trata — informou Nour El Dine. — Vamos, levante-se, quero falar com você.

— Falar comigo! — exclamou Yéghen, já totalmente desperto. — Por Alá! Senhor oficial, como eu pude merecer esta honra? No que posso ser útil?

— Vim conversar com você a respeito de um assassinato.

— Um assassinato, excelência! Que dia negro!

— E é mesmo, para você é um dia bem negro.

Yéghen livrou-se completamente dos cobertores e sentou-se na cama, sobre as pernas cruzadas; com o torso raquítico, rosto ossudo e olhos desvairados, parecia um faquir hindu estragado pelo jejum e pelas mortificações.

— Um assassinato! — repetiu. — O que eu tenho a ver com um assassinato?

— Já te digo. Mas primeiro responda: você sabia que uma das garotas da casa de Set Amina foi estrangulada uns dias atrás?

— Eu soube — disse Yéghen.

— Dizem que você é freguês da casa.

— É verdade.

— Então você conhece a Arnaba?

— Perfeitamente. Era a mais bonita da turma.

— Pois bem! Já que concordamos até aqui, você pode me dizer onde estava na hora do crime?

Yéghen não se deu ao trabalho de pensar, nem de perguntar qual era a hora do crime; tinha certeza de não errar. Respondeu em tom suave:

— Estava dormindo, excelência!

— Dormindo onde?

— Isso eu não sei. Eu durmo em tudo quanto é lugar.

— Ah, filho de uma cadela! Você não sabe nada sobre esse caso?
— Não, pela minha honra! Não sei de nada. Eu talvez pudesse te dar umas informações sobre certos traficantes de drogas. Mas um crime? Realmente está além da minha competência.
— Permita-me dizer que você é o maior suspeito.
— Eu! Mas, excelência, eu estava dormindo! Como um oficial inteligente como você pode cometer tamanho erro?
— Pare com essa palhaçada! — rugiu Nour El Dine. — Eu sei como fazer você falar.

Percebeu que acabara de pronunciar um disparate, um desses lugares-comuns que tantas vezes utilizava durante os interrogatórios e que, apesar da ameaça implícita, não significava absolutamente nada. A verdade é que ele se sentia mal, quase mortificado, de tanto nojo. Naquele estado não ia conseguir fazer ninguém falar, pelo menos enquanto continuasse respirando o ar poluído daquele quarto. Deu uma olhada na janela com persianas fechadas, desejou ardentemente abri-la, mas estremeceu diante da idéia de deixar penetrar a luz do dia. A penumbra lhe era propícia; impedia que Yéghen notasse sua perturbação. Da rua vinha o ruído ensurdecedor dos veículos, as invectivas dos cocheiros de fiacre já quase dementes e a interminável campainha dos bondes abrindo caminho desesperadamente na agitação de uma multidão apática. Aquele bafo de vida, tão próximo, trouxe-lhe novo alento. Deu alguns passos, procurando um móvel qualquer no qual se encostar, e acabou por sentar-se na borda de uma mesa. Se não mudasse de tática, aquela visita viraria um fracasso completo. A dificuldade de um interrogatório com Yéghen residia no fato de ele ser dotado de uma inteligência subversiva que debochava de tudo. Era ex-presidiário e fumante inveterado de haxixe; mantinha contato com todos os traficantes e todos os indivíduos infestos da cidade indígena. Nour El Dine, porém, não acreditava que ele fosse culpado. O que viera buscar era apenas uma pista, algum indício que pudesse levá-lo ao verdadeiro assassino. Sabia que o homem à sua frente era isento de qualquer paixão violenta, não levava nada a sério com exceção da droga, sendo portanto suspeito de covardia e incapaz de cometer um crime. Porque, para Nour El Dine, desconhecer as vicissitudes e a abominação da existência era um sinal seguro de covardia. Por acaso ele se permitia encarar a vida como uma coisa pouco séria? Onde o mundo iria parar se a desgraça deixasse de ter importância?

 Mais uma vez a amargura tomou conta dele. Fixou em Yéghen um olhar de alucinado. Não conseguia deixar de ver naquela cena toda um lado risível e doentio. Aquele homem nu, de magreza esquelética, sentado na cama para submeter-se a um interrogatório policial, parecia-lhe uma coisa absurda e antinatural. O sarcasmo estava sempre em toda parte.

O cúmulo é que Yéghen começou a rir.

– Não há do que achar graça – disse Nour El Dine. – Você embarcou numa péssima história.

– Desculpe, excelência! Mas o mundo está ficando cada vez mais engraçado. Você não acha?

– O que te deixa tão otimista?

– A bomba!

– Que bomba?

– Você não ouviu falar na bomba? Ora, senhor oficial, que surpresa. Está aí uma coisa que até as crianças sabem. Dizem que inventaram uma bomba capaz de destruir uma cidade inteira de uma vez. Não acha isso engraçado? Então o que é engraçado para você?

Nour El Dine ficou um instante mudo de surpresa, tentando compreender. Aquele interrogatório estava virando maluquice pura.

– Estou me lixando para essa maldita bomba! Não muda em nada a sua situação.

– Mas é claro que muda, excelência! Pense um pouco. Diante da ameaça de uma bomba, o que eu poderia temer?

O ar estava ficando irrespirável. O barulho da rua cessou de repente, sem motivo, como se a vida estivesse se afastando para sempre. Nour El Dine estava fascinado pela feiúra de Yéghen; não conseguia livrar-se da contemplação daquela nudez lamentável que lhe dava ânsia de vômito. Fazia caretas amargas, como quem está com cãibras no estômago.

— Você por acaso não está passando bem? — inquiriu Yéghen. — Lamento o que eu disse. Sabe, essa coisa da bomba é brincadeira. Não precisa se preocupar. De qualquer modo, nunca vão jogar a bomba nessas paragens. É cara demais. Pode acreditar.

— Seu palhaço! Não vai calar essa boca? Vamos, vista uma roupa. Vamos sair.

— A essa hora? — implorou Yéghen. — Tenha pena de mim, excelência! O que foi que eu fiz?

— Vá se vestir, filho de uma cadela!

— Está bem. Estou às suas ordens, meu bei! Só não me apresse.

Yéghen pulou da cama e procurou suas roupas, jogadas de qualquer jeito na cadeira. Vestiu-se com rapidez e depois foi abrir a porta do quarto.

— Tenha a bondade, meu bei! — disse, inclinando-se profundamente.

Nour El Dine saiu do quarto, seguido por Yéghen. Chegando à rua, encararam-se um momento como se estivessem se reconhecendo. Yéghen estava contente.

– Convido você para um café, excelência!

Nour El Dine agarrou Yéghen pelo braço e arrastou-o num passo ligeiro, proferindo entre dentes:

– E eu vou te dar um veneno, isso sim.

VIII

O rosto de Gohar, aclarado pela chama trêmula da vela, refletia êxtase. Sentado na única cadeira do quarto, com as mãos espalmadas sobre os joelhos, inclinava a cabeça para o lado da porta que o separava do apartamento vizinho. O que estava escutando superava tudo o que teria ousado esperar. O maravilhamento o deixava imóvel, com o espírito estranhamente disponível, consciente de ser a única testemunha de um fato extraordinário. Esse estado extático já durava um longo instante. Gohar, de olhos fechados, saboreava com contentamento indizível as diversas etapas de uma briga de casal. Cada uma das palavras proferidas do lado de lá da parede tocava-o feito uma verdade resplandecente, iluminando as trevas de sua consciência.

Fazia alguns dias que o apartamento do falecido vizinho era ocupado por novos inquilinos. Tratava-se de um casal constituído por um homem-tronco, sem braço e sem perna, mendigo de profissão, e sua mulher, uma comadre alta de ares atléticos, imponente feito um prédio de dez andares. Toda manhã, ela deixava o marido numa calçada da cidade européia e voltava ao escurecer para buscá-lo e levá-lo de volta ao lar. A mulher carregava o homem-tronco no ombro como se fosse uma ânfora. Ela respondera ao cumprimento de Gohar com uma voz forte e cavernosa, capaz de fazer gelar nas veias o sangue de um indivíduo de notória coragem. Tinha um jeito áspero e o ar arrogante de uma mulher provida de um macho.

Gohar não acreditava nos próprios ouvidos; quanto mais escutava, mais difícil ficava imaginar a cena que se desenrolava no quarto vizinho. A mulher fazia uma cena clássica de ciúmes. Gohar ouvia o homem-tronco defender-se energicamente. Negava as acusações da mulher e, em certos momentos, insultava-a, chamando-a de sem-vergonha, bruxa e comedora de cadáveres. Por fim, pôs-se a gemer e pedir comida. Mas a mulher permanecia surda aos apelos de um faminto e seguia atacando-o com censuras e insultos.

O deslumbramento de Gohar era ainda mais profundo por ele acreditar havia muito tempo que nada mais poderia surpreendê-lo. Ter ciúmes de um homem-tronco! Realmente o frenesi possessivo das mulheres não tinha limites! Gohar era grato a elas pela imensa quantidade de bobagens que traziam às relações humanas. Eram capazes de fazer uma cena de ciúmes a um burro só para chamar a atenção.

Começava a experimentar um sentimento de interesse bastante intenso pelos novos vizinhos. Aquela briga de casal, não obstante o lado sórdido e lamentável, descortinava-lhe perspectivas incomparáveis sobre a humanidade. Que sorte! Esfregou as mãos, abençoando o acaso miraculoso que o levava a acompanhar – sem que sequer precisasse sair do quarto – o mistério sombrio do casal. Ele não teria cedido seu lugar nem em troca de todos os prazeres da criação.

A impostura era tão evidente, tão universal, que qualquer um, mesmo um retardado mental, poderia desvendá-la sem esforço. Gohar ainda se indignava ante a própria cegueira. Precisara de longos anos e da monotonia de uma vida inteira dedicada ao estudo para poder julgar o próprio ensino de acordo com seu justo valor: uma fraude monumental. Durante mais de 20 anos, lecionara inépcias criminosas, sujeitara cérebros juvenis ao jugo de uma filosofia errônea e obscura. Como conseguira levar-se a sério? Será que não entendia o que lia? Será que seus discursos nunca lhe soaram carregados de impudente hipocrisia? Fraqueza inconcebível. No entanto, tudo deveria tê-lo alertado. Até o menor dos textos de história antiga ou moderna, que ele comentava para a compreensão de seus alunos, transbordava com mil mentiras. A história! Que fosse possível maquiar a história, vá lá. Mas a geografia! Como era possível mentir a respeito de geografia? Pois bem, tinham chegado ao ponto de desnaturar a harmonia do globo terrestre, traçando fronteiras tão fantásticas e arbitrárias que mudavam de ano para ano. O que surpreendia Gohar, antes de tudo, era nunca ter lançado mão de cautela oratória para levar os alunos a admitir aquelas mudanças. Como se elas fossem óbvias; como se uma mentira oficial se tornasse obrigatoriamente verdade.

Tamanho acúmulo de mentiras não poderia deixar de gerar a mais completa confusão. E o resultado era uma angústia do tamanho do mundo. Gohar agora sabia que aquela angústia ainda não era metafísica. Sabia que não era uma fatalidade inerente à condição humana, mas sim provocada por uma vontade deliberada, a vontade de determinadas forças que sempre tinham combatido a clareza e a razão pura e simples. Essas forças consideravam as idéias suas mais mortais inimigas. Só podiam prosperar dentro do obscurantismo e do caos! Por isso se empenhavam por todos os meios para apresentar os fatos sob as aparências mais contraditórias, e mais propícias a tornar plausível a noção de um universo absurdo – e isso com o objetivo de perpetuar sua dominação. Gohar insurgia-se de toda alma contra aquela concepção de um universo absurdo. Na verdade, a pretexto dessa suposta absurdez do mundo é que se perpetravam todos os crimes. O universo não era absurdo, era apenas regido pelo mais abominável bando de salafrários que já maculara o solo do planeta. O fato é que o mundo era de uma simplicidade cruel, mas os grandes pensadores a quem coubera a tarefa de explicá-lo aos profanos não podiam se conformar em aceitá-lo como tal, por medo de serem tachados de espíritos primários. De resto, eram muitos os riscos de tentar explicar as coisas de um modo simples e objetivo. Precedentes desagradáveis mostravam que, por terem sugerido uma explicação honesta e racional de certos fenômenos, alguns homens foram condenados ao suplício. Esses exemplos não tinham sido em vão; causaram nas gerações um efeito salutar. Ninguém mais sentia coragem para expressar idéias claras e precisas. O hermetismo do pensamento tornara-se a única salvaguarda contra a tirania.

Não fora a sede de martírio que levara Gohar a renegar seu longo passado de erros. Ele não deixara a universidade onde lecionava, nem seu apartamento burguês da cidade européia, com a intenção de propagar uma nova doutrina. Não se julgava reformador nem profeta. Ele só fugira diante da angústia que a cada dia o apertava um pouco mais. Aquela angústia já cobrira continentes inteiros. Onde iria parar? Agora ela estava ali, batendo com ondas devastadoras nas praias da ilhota de paz em que Gohar encontrara refúgio. Ele se perguntava por quanto tempo a cidade indígena ainda resistiria àquele sopro envenenado. Anos, decerto, talvez um século inteiro. Ser iletrado, que bela chance de sobrevida num mundo fadado ao massacre! Gohar chegara à seguinte conclusão fundamental: o poder sanguinário não tinha nenhum poder sobre indivíduos que não liam jornais. A angústia não podia atingir essas pessoas. A cidade indígena por acaso era, milagrosamente, o único lugar do país que ainda não fora violentado, onde florescia uma vida saudável, animada pela razão simples. Em todos os outros lugares reinava a mais inacreditável loucura. O risco de contágio, no entanto, não estava excluído por completo: havia o rádio. A invenção do rádio revelava-se, para Gohar, como a pior manifestação do diabo. Os estragos dessa caixinha, que hoje em dia era vista em quase toda parte, pareciam-lhe mais nocivos que todos os explosivos juntos.

Demorou a perceber que se instaurara o silêncio no apartamento vizinho. Ficou decepcionado, quase irritado. Espichou o ouvido, à espreita do menor ruído, preocupado em saber como se encerrara a briga. De qualquer modo, já parecia haver aí um ponto pacífico: o que se passava no quarto ao lado era muitíssimo mais instrutivo do que tudo o que ensinara durante anos. Aquela cena de ciúmes proclamava uma verdade irrefutável: a primazia do macho. Apesar das mutilações, o homem-tronco conseguia inspirar paixão, suscitar desejo carnal, com a simples presença de homem. Um sexo apenas. Mas toda a esperança do mundo estava contida naquele sexo.

A chama da vela esteve a ponto de apagar-se, e aí reavivou-se, tremelicando, aclarando com luz nova a nudez do quarto. Gohar piscou os olhos, olhou em volta como se acabasse de acordar, admirou mais uma vez a pobreza de suas instalações. Não subsistia nenhum vestígio do famoso naufrágio. Somente os jornais velhos que lhe serviam de colchão haviam padecido com o incidente: já não passavam de uma pilha de papel amassado e úmido. Ainda não pensara em substituí-los por outros. Prometeu a si mesmo que na primeira oportunidade lembraria de pedir alguns a El Kordi, o único de seus conhecidos que comprava jornal.

Pareceu-lhe engraçado preocupar-se com a arrumação da cama, como se nada tivesse mudado, como se o assassinato da jovem prostituta não houvesse ocorrido. No fundo, será que aquilo mudava alguma coisa? Afinal, não passara de um acidente. Perguntou-se o que teria sido dele, e qual teria sido seu comportamento, se tivesse cometido aquele crime no tempo distante em que vivia enredado na honra e na respeitabilidade! Teria decerto se considerado um monstro e se deixado devorar pelo remorso. Ao passo que hoje nada tinha importância. Até um crime o deixava indiferente. Não era esse um progresso apreciável, sinal de que estava no caminho certo? Aquele assassinato rompera os últimos laços que ainda o prendiam a seu passado de mentiras. Feliz libertação. Já não estava mais sujeito aos ridículos tormentos da consciência. A certeza que adquirira acerca do aspecto risível de toda tragédia o impedia de censurar o próprio ato. Ele simplesmente negava o drama.

No apartamento vizinho, o homem-tronco pôs-se a gemer de novo; clamava por comida num tom cada vez mais lacrimoso. Mas já não se ouvia a voz da mulher. O que ela estaria fazendo? Gohar a imaginou comendo diante do esposo reduzido à impotência.

Estremeceu: batiam à porta de seu quarto.

— Quem é?

— Sou eu, mestre.

Era a voz de Yéghen. Mesmo através da porta, dava para sentir que ele estava animado.

— Finalmente, meu filho! Seja bem-vindo!

Yéghen entreabriu a porta, passou primeiro a cabeça, depois o corpo inteiro, girando sobre si mesmo com um movimento de balé muito bem executado. Ao caminhar em direção a Gohar, saudou-o fazendo uma reverência até o chão, ergueu-se, curvou-se mais duas, três vezes e se imobilizou, como se esperasse uma ordem. Havia naquela saudação mais do que uma mera brincadeira. Yéghen parecia depositar nela muito respeito e seriedade. Mas Gohar não percebeu a sutileza. As brincadeiras de Yéghen sempre o divertiam; estava acostumado.

Como não recebeu ordem nenhuma, Yéghen enfim falou:

— Espero não estar incomodando, mestre!

— De jeito nenhum. É um verdadeiro prazer. Vamos, sente-se.

Gohar quis levantar-se e ceder-lhe a cadeira, porém Yéghen protestou com veemência contra o gesto de cortesia. Até parecia recear estar perturbando algum ídolo.

— Jamais! Sou seu humilde servo. Vou me sentar no chão.

Recuou até a parede, sem tirar os olhos de Gohar; sentou-se então no piso, sobre as pernas dobradas. Os modos de Yéghen estavam excessivamente estranhos, e pareciam motivados por uma espécie de cumplicidade incorruptível. Gohar parecia ter se tornado, de repente, um personagem fabuloso, que exigia deferências distintas das devidas à simples amizade.

– Você deve estar se perguntando o que me traz aqui, mestre!

– Espero que seja apenas o prazer de me ver – respondeu Gohar.

– Com certeza. Mas tem outra coisa.

– Que Alá nos proteja! O que foi?

Yéghen perdeu, de súbito, o jeito sério; deu um riso de escárnio.

– Pois bem, mestre, as forças do inferno estão no meu encalço. Recebi, hoje à tarde, a visita de um oficial de polícia. Aliás, eu me pergunto como ele descobriu o meu endereço. Eu tinha acabado de me instalar naquele hotel. Gente, isso é magia.

– Imagino – disse Gohar – que ele não tenha encontrado nada, já que você está aqui.

– Não se tratava de droga. No começo, eu também achei que ele estava ali por causa disso. Mas não demorou para contar que estava procurando um assassino. Resumindo, ele suspeita que eu seja o assassino daquela moça, a Arnaba. Para ser sincero, estou muito contente por ele ter vindo primeiro falar comigo.

Gohar não deu nenhum sinal de agitação. Nem sequer precisava fingir. A polícia que cumprisse com seu trabalho; eram as regras. Aquele assunto não era da sua conta.

— Por que estão suspeitando logo de você, meu filho?

— Você sabe bem como são essas coisas. Devem ter imaginado que o assassino é um cliente do prostíbulo. E, como já me conheciam, vieram diretamente atrás de mim. Você sabe também qual é a minha reputação com eles. Achavam que essa era a pista certa. Infelizmente para eles, não existe nenhuma prova contra mim.

— O que você disse ao oficial de polícia?

Aquela pergunta, que Yéghen aparentemente esperava, encheu-o de alegria.

— Ah! Ele tentou me impressionar, mas eu caçoei dele.

— Caçoou dele!

— Perfeitamente, mestre! Ele me ameaçou com os piores castigos, mas eu sabia que era conversa fiada. Não pode fazer nada contra mim. Assim, para corresponder à gentileza, falei sobre a bomba.

— Que bomba, meu filho?

— A bomba, mestre! Você sabe, a bomba que pode destruir uma cidade inteira de uma vez.

Gohar deixara Yéghen relatar a conversa com o oficial de polícia sem reagir, como se ouvisse uma anedota pitoresca. No entanto, agora já não entendia mais nada. Será que o amigo estava sob efeito da droga? Não conseguia perceber a relação entre as ameaças do oficial e a resposta de Yéghen. Será que, por acaso, Yéghen também estava envolvido com o tráfico de armas? Não era impossível.

— Meu filho, me explique isso! O que a bomba tem a ver com o caso?

— É muito simples, mestre! Tentei fazer ele compreender que, diante da gigantesca ameaça da bomba, as ameaças dele se tornavam risíveis. E não é só isso. Ele levou essa história tão a sério que ficou pálido. Se sentiu mal de medo. Estava mesmo engraçado. No fim, fiquei com pena dele. Fiz ele se acalmar, explicando que essa bomba custava muito caro e que ninguém ia ser bobo de jogar ela aqui, em cima deste monte de espeluncas caindo aos pedaços.

Gohar meneou a cabeça diante de tamanha ingenuidade.

— Aí é que você se engana, meu filho. Acredite, eles jogariam essa bomba até em cima da própria mãe. Esse bando de calhordas não respeita nada.

— Você acha mesmo, mestre?

— É a única coisa em que acredito.

— Mas então quer dizer que eles são loucos!

– Não! Não procure nenhuma circunstância atenuante. Não são loucos. Pelo contrário, são muito conscientes. É por isso que são tão perigosos.

Por um momento, Yéghen pareceu tristonho, como se acabassem de lhe tirar as derradeiras ilusões. Como pudera ser ingênuo a ponto de acreditar que aquelas paragens miseráveis estavam a salvo da bomba? Gohar nunca se enganava em seus juízos sobre a humanidade. Aqueles filhos-da-puta que tinham construído a bomba não recuariam diante de nada. Era evidente.

– Me diga, mestre! Existe alguma chance de essa bomba explodir nas mãos deles?

– Não, acho que não. São cuidadosos demais e astuciosos demais para isso acontecer.

– Então azar! – disse Yéghen, decepcionado. – Mas eu teria gostado de que a bomba explodisse nas mãos deles enquanto estivessem mexendo com ela. Seria a piada do século. Bem que eu queria dar umas risadas, mestre.

– Você já não tem dado boas risadas? Para mim, este século parece que está superando todos os outros no quesito gozação.

– Tem razão. Eu não deveria estar me queixando.

Yéghen calou-se. Aquela digressão sobre a bomba e seus efeitos devastadores não lhe fizera esquecer a preocupação com outro perigo, muito mais sério que o da bomba, por ser mais iminente. Não deixava de devorar Gohar com os olhos, como se temesse que ele sumisse. Sentado na cadeira, com o rosto iluminado pela chama da vela, dominando, como uma divindade impassível, o quarto vazio, Gohar parecia protegido contra qualquer surpresa. Porém Yéghen não podia ignorar a precariedade daquela situação. Talvez estivesse prestes a perder aquele homem. A amizade que sentia por Gohar era a única justificativa de sua vida. Precisava fazer de tudo para salvá-lo, e salvar aquilo que ele representava.

De súbito, fez-se um longo lamento do lado de lá da parede. Mais uma vez o homem-tronco suplicava que lhe dessem de comer. Parecia estar sem forças; os gemidos pareciam ser de um recém-nascido.

— O que é isso? — perguntou Yéghen.

— São os meus novos vizinhos — esclareceu Gohar. — Ele é um homem-tronco; a mulher é uma comadre implacável. Todo dia, carrega o marido no ombro até algum canto da cidade européia e deixa ele ali para mendigar. Volta à noite para buscar o homem. Ele está inteiramente à mercê dela. Sem a mulher, não pode fazer nada.

— É ele que está gemendo desse jeito?

— É, está pedindo comida.

— Por que ela não dá comida para ele?

— Meu caro Yéghen, se eu contar, você não vai acreditar. Ela acabou de ter uma crise de ciúmes. Neste momento, está emburrada.

— Não é possível! Uma crise de ciúmes por causa de um homem-tronco! Por quê, ele foi infiel?

— Tudo é possível, meu filho. Quanto a saber como ele foi infiel, não faço idéia — admitiu Gohar. — Mas com as mulheres a gente tem que estar preparado para tudo. Ficam excitadas até com um homem-tronco, desde que ele seja capaz de fazer amor.

— Mesmo assim, não consigo acreditar. Em todo caso, ela está se vingando de um jeito nojento. Esfomear um enfermo! Me diz: não daria para fazer alguma coisa por ele? A gente não pode deixar isso assim, mestre! A minha vontade é ir até lá e quebrar a cara dessa comadre.

— Que Alá te preserve, meu filho! Você não sabe o que é essa mulher. É um legítimo guardião. Dez vezes mais forte que você. Acabaria com você rapidinho.

Essa descrição da companheira do homem-tronco meio que acalmou as veleidades heróicas de Yéghen.

Ficaram algum tempo calados, escutando o homem-tronco, que não parava de gemer e suplicar. Por fim, aquela ladainha patética teve sobre Yéghen um efeito singular: ele próprio se sentiu faminto.

— Mestre, você acha mesmo que a gente não pode fazer nada por ele?

— Não, só ia piorar as coisas. Ela vai acabar dando de comer para ele. Imagine, um homem desses é uma mina de ouro para ela. Não vai deixar que ele morra de fome.

— Só que ele está sofrendo.

— É verdade. Mas suponho que, no fundo, até goste dessa cena toda. No estado dele, deve até sentir certo orgulho. Meu caro Yéghen, o que você sentiria se uma mulher fizesse uma cena de ciúmes por você?

— Mestre, tenho que admitir que nenhuma mulher nunca sentiu ciúmes de mim! E olhe que estou de posse de todos os meus membros. Talvez isso seja um erro.

— Está vendo, falta pouco para você ficar com inveja do coitado!

A segurança tranqüila de Gohar, o tom naturalmente cínico de suas palavras mergulhavam Yéghen num espanto admirado. Então Gohar se interessava pelas desavenças conjugais dos estranhos vizinhos, indiferente à própria sorte e ao perigo que o espreitava. Aceitava com satisfação as conseqüências da aventura sangrenta. Desde que entrara no quarto, Yéghen estivera esperando que Gohar lhe confessasse o crime. Mas nada ocorrera. Por quê? Será que ele não o via como alguém a quem se podia contar tudo? A desconfiança de Gohar em relação a ele era incompreensível. Subitamente, sentiu-se em dúvida. E se estivesse enganado? E se Gohar não fosse o assassino? A suspeita lhe ocorrera naquela mesma tarde, durante o passeio pelas ruas populosas na companhia do oficial de polícia. Escutara, desatento, as ameaças do oficial, ocupado que estava em olhar à volta e cumprimentar os conhecidos, quando recordou um fato de capital importância: Gohar lhe dera os pêsames pela morte da mãe. Ora, Yéghen lembrava de ter comentado sobre o falecimento fictício da mãe apenas com Arnaba, a jovem prostituta. E ela fora morta logo em seguida. Gohar era, portanto, a última pessoa que a vira com vida.

Mas que era uma extravagância pensar em Gohar como assassino, isso era. Yéghen ainda hesitava. Não havia, porém, muito tempo a perder. Conhecia de longa data os métodos da polícia. Gohar jamais conseguiria defender-se caso sofresse um interrogatório meio brutal. Aliás, será que ia mesmo querer se defender?

– Mestre, na verdade eu vim para pedir que tome cuidado.

– Cuidado com o quê, meu filho?

– Você está correndo um grande perigo aqui – alertou Yéghen.

– Não precisa se apavorar – disse Gohar. – O perigo talvez não seja tão grande como você imagina.

Ele não pensou em negar, nem por um segundo. Nem sequer se perguntou como Yéghen descobrira que era o assassino.

— Quer dizer que você está sabendo — disse, depois de alguns instantes.

— Mestre, eu não entendo. Como isso foi acontecer?

— Nem eu mesmo sei — começou Gohar. — Não saberia explicar. Sempre tenho a impressão de que foi outra pessoa que agiu no meu lugar. Mas não pense que quero me justificar. Nada jamais vai poder justificar a violência. Só me lembro que estava em abstinência de droga e fui até lá atrás de você. A menina Arnaba estava sozinha. Pediu que eu escrevesse uma carta para ela e me convidou para entrar no quarto. Durante um bocado de tempo, eu só pensava na droga e no jeito de conseguir alguma. Aí, de repente, vi as pulseiras da garota e isso desencadeou dentro de mim a idéia do assassinato. Eu tinha que me apoderar daquelas pulseiras.

— Mas aquelas pulseiras não valem nada — argumentou Yéghen.

— Eu sabia disso, meu filho. Só que naquela hora elas assumiram um valor imenso aos meus olhos. E esse momento é que iria contar.

— O único culpado sou eu — disse Yéghen. — Me perdoe, mestre. Eu deveria ter estado presente quando você precisou de mim. Em todo caso, já não se trata de explicar um ato. Trata-se de fugir. É o que você vai fazer, o mais depressa possível.

— Fugir por quê?

— Para não prenderem você. Esse oficial que veio me ver é um demônio. Eu conheço ele, sei que não vai descansar enquanto não puser as mãos em você. Eu gostaria de ajudar, mestre! Escute o meu conselho, eu suplico. Ainda não é tarde demais.

— Meu caro Yéghen, aprecio o interesse, mas por nada no mundo quero ver você envolvido nessa história. Vou me virar sozinho.

— Você não vai conseguir se defender dessas pessoas. Vá embora para a Síria. Aí está a oportunidade.

— Ir embora como?

— Vou conseguir o dinheiro necessário para a viagem. Conte comigo.

— Você vai acabar assassinando mais alguém. E essa história não vai ter mais fim.

Yéghen se levantou, ficou um instante interminável olhando para Gohar, depois se aproximou, abaixou-se, pegou a mão dele e levou-a aos lábios.

— Você é a única pessoa que eu amo e respeito nesse mundo — afirmou. — Pode ficar com a minha vida.

Gohar ficou comovido; deu um sorriso triste.

— Não vamos começar a ficar sérios, meu filho. Seria o cúmulo da desgraça. Aliás, como você mesmo disse, tem a bomba. Ela vai ajeitar tudo.

Agora, no apartamento vizinho, a mulher é que gemia; dava uns berros de bicho sendo degolado. Mas Gohar não se deixou enganar.

— Está ouvindo? Tudo acabou bem. Estão fazendo amor.

— Tem certeza, mestre? Ah! Eu queria ver isso! Deve ser um espetáculo incrível!

— Não sabia que você era *voyeur* – disse Gohar.

— Num caso desses, mestre, todo mundo é *voyeur*.

Calaram-se e ficaram parados, escutando, estupefatos, os gritos de prazer que se sucediam no cômodo vizinho.

Depois de algum tempo, tilintou um objeto de ferro: era a bacia em que a mulher do homem-tronco se lavava depois do amor.

IX

O bonde nº 13, que se dirigia para a cidade européia, avançava aos solavancos. O condutor estava ficando afônico de tanto lançar invectivas aos transeuntes demasiado indolentes que pareciam confundir os trilhos com uma estradinha pacata do interior. Não se via em parte alguma o coitado do cobrador, perdido na confusão dos passageiros. Dava apenas para ouvi-lo, pedindo aos brados que lhe cedessem lugar. Era tudo o que ele podia esperar, já que, a cada parada – pelo regulamento, era obrigado a descer para vigiar os carros – quase sofria uma pane. Quanto a ser pago, nem pensar.

El Kordi lamentava amargamente ter-se deixado seduzir por aquele meio bárbaro de locomoção. Tinha vontade de fugir daquele bonde desconfortável, que avançava de maneira risível. Mas agora era tarde – todas as saídas estavam bloqueadas pelos cachos humanos agarrados aos corrimões das portas. El Kordi obrigou-se a ser paciente; não havia nada a fazer senão esperar. O tarbuche, maltratado com a violência do empurra-empurra na subida, pendia de modo grotesco na cabeça sem que ele pudesse fazer qualquer gesto para ajeitá-lo. Estava preso entre um pequeno funcionário público sonolento, de óculos, e uma comadre gorda com um *melaya* desbotado, cheirando a cebola, que esfregava a perna na dele de forma sistemática. Aquele toque, apesar da natureza duvidosa, estava começando a deixar El Kordi excitado e fazer com que ele se esquecesse um pouco da posição desconfortável. Fez um esforço e torceu o pescoço para avaliar a idade da mulher antes de continuar se excitando, mas o que viu lhe causou arrepios e ele se encolheu em seu canto, completamente arrefecido. A comadre gorda tinha mais de 60 anos e sorria para ele com um jeito despudorado, desvendando uma boca desdentada. Continuou por algum tempo com a infame manobra, porém El Kordi se manteve frio.

Eram mais de seis horas da tarde, e a afluência de passageiros não parava de crescer. A velha comadre enfim afastara a perna, mas seguia exalando um cheiro de cebola rançosa. El Kordi sentia vontade de vomitar. Fechou os olhos e deixou-se embalar pelo som estridente da campainha, que o condutor enlouquecido acionava sem parar. Não era com o objetivo de passear que se encontrava naquele bonde lotado a caminho da cidade européia. El Kordi tinha outra coisa em mente. Desde que se fizera passar, aos olhos da amante, pelo assassino da jovem Arnaba, achava-se na obrigação de cometer um ato espetacular para compensar a mentira. Na falta de um crime, tinha a impressão de que poderia, sem maiores dificuldades, envolver-se num roubo. Naquela tarde, planejava pôr em execução um projeto temerário sobre o qual refletira durante vários dias. El Kordi conhecia – passara várias vezes diante dela – uma joalheira, a mais luxuosa da cidade, situada na avenida Fouad, e se considerava esperto o suficiente para roubar alguma jóia de valor sem deixar-se apanhar. Ainda hesitava, no entanto, sobre o método que adotaria. Apesar da náusea que estava sentindo, procurava recordar todos os fatos relacionados a roubo de joalheria que lera nas revistas especializadas ou nos romances policiais, sem conseguir escolher o melhor método. Qual seria o melhor método? El Kordi queria inovar naquele terreno. Um revolucionário como ele não podia agir do mesmo modo que um assaltante ordinário. Seu amor-próprio exigia-lhe isso. Mas nenhum método novo se apresentava em sua mente.

Teve, de súbito, a intuição de um olhar pousado sobre ele. Abriu os olhos e constatou que não se enganara. Alguém o observava com insistência, alguém cuja visão apenas do rosto já era prenúncio de infortúnio. O homem caolho sentado junto à porta, quase à frente dele, espreitava-o com ar sorrateiro. O que mais abalou El Kordi foi que se sentia observado pelo olho ruim do sujeito. Como se o olho são se mantivesse neutro e até demonstrasse alguma indulgência para com ele.

Implacável, feroz, o homem caolho continuava pousando sobre ele o olhar alucinante de seu único olho bom. El Kordi, porém, via apenas o olho ruim, de modo que seus olhares nunca se cruzavam. Essa situação escabrosa durou um bocado de tempo. El Kordi se perguntava o que o sujeito queria com ele, e se por acaso já o tinha visto antes. Estava ficando nervoso por tentar situar a figura e esforçar-se por compreender sua atitude de provocação. A impossibilidade de se mexer para esquivar-se daquela inquisição acabou lhe causando uma fúria indignada. Não ia deixar passar. "Vou cuspir na cara dele. Vamos ver se ele continua me olhando desse jeito." Mas o medo de provocar um escândalo no momento em que estava para cometer um roubo audacioso, quando sabia que iria precisar de todo o sangue-frio, impediu que chegasse a tal extremo. Engoliu a saliva.

O bonde parou num ponto, andou de novo, e de repente a cabeça do cobrador despontou à porta. Ninguém saberia dizer com que hábil manobra ele conseguira aquela proeza.

– Quem está sem bilhete? – gritou.

Ninguém se dignou responder à pergunta. O cobrador, um indivíduo magro de rosto pálido vestindo um uniforme surrado, tornou-se insolente e ameaçou mandar o bonde parar. Acuados, os passageiros pegaram o dinheiro de má vontade – como se estivessem dando uma esmola ao cobrador – e pagaram a passagem. Só o homem caolho não se mexera; continuava fitando El Kordi com seu único olho, implacável.

O cobrador, impaciente, dirigiu-se diretamente a ele:

– Ei! Homem!

– Polícia secreta – respondeu o homem caolho em tom seco, e sem virar a cabeça.

El Kordi achou que o bonde estivesse balançando e que todos os passageiros tivessem se levantado num mesmo impulso de defesa. Na verdade, ele era o único que estava em pé. Teve um momento de pânico, então se jogou para a porta, pulou do bonde em movimento e pôs-se a correr para a calçada mais próxima. Quando enfim parou para recobrar o fôlego, o bonde sumira ao longe fazia tempo, feito um pesadelo desfeito. El Kordi ainda sentia o choque violento que sofrera ao ouvir o homem caolho declinar a identidade. A que pavorosa armadilha acabara de escapar! Abençoava a sorte que o presenteara com um policial tão estúpido. Identificar-se daquele jeito só para não pagar a passagem! Que bobalhão! Mas por que a polícia o estava vigiando? Decerto não era por causa do roubo de jóias que estava planejando. Ninguém estava a par dessa decisão. A polícia não podia ter a pretensão de ler o pensamento das pessoas. Se estava sendo vigiado era certamente por algum outro motivo. El Kordi não demorou a adivinhar: a polícia já não ignorava que era um revolucionário; ele próprio o explicara muito bem àquele oficial pederasta durante o interrogatório no prostíbulo. Sob essa perspectiva, o fato de ser seguido pelo homem caolho se tornava uma operação de monta, empreendida pelos opressores do povo com o propósito de abatê-lo. El Kordi inspirou com orgulho e sorriu; uma espécie de embriaguez prodigiosa enchia-lhe a cabeça. Era finalmente um revolucionário real, perseguido pela polícia, e que preocupava o alto escalão. Gohar não faria mais troça dele – como costumava fazer – quando soubesse a que terrível vigilância estava sendo submetido.

Virou-se várias vezes para ver se não estava sendo seguido.

A avenida Fouad descortinou-se no centro da cidade européia feito um rio de luz. El Kordi subiu a avenida, com passo indolente e o sentimento inquietante de estar numa cidade estranha. Por mais que repetisse a si mesmo que ainda estava em seu país natal, não conseguia acreditar. Todas aquelas pessoas atarefadas, que pareciam estar saindo de alguma catástrofe e cujos rostos rabugentos denotavam preocupações mesquinhas, pareciam-lhe particularmente hostis. Achava exagerada e mórbida a atitude daquela multidão, cuja monotonia deplorável nada conseguia interromper. Faltava alguma coisa àquela turba barulhenta: o detalhe humorístico pelo qual se reconhece a natureza do humano. Aquela multidão era desumana. A angústia que propagava penetrava insensivelmente El Kordi e lhe trazia saudades dos bairros populares. Já estava sentindo falta das vielas lamacentas e dos pardieiros imundos onde todo um povo banido zombava dos opressores. Havia mais esperança nos barracos de lata dos terrenos baldios do que nessa metrópole opulenta. Então era ali, naquela cidade mirífica, que viviam, escondidos em refúgios invioláveis, os inimigos furibundos do povo? Não era nada alegre, a cidadela da opressão. As riquezas exibidas nas vitrines das lojas, a majestade pálida dos prédios, o rigor retilíneo das calçadas, tudo parecia proibir qualquer pensamento frívolo. El Kordi agora compreendia por que Gohar desertara daquela cidade e de seu triste conforto.

A visão de um pequeno vendedor de jornais o tirou da melancolia; tornava a encontrar seu mundo.

— Ei, menino! Você tem aí o jornal grego?

— Você lê em grego, meu bei?

— E por que eu não leria em grego?

— Por Alá! Nesse país se vê de tudo!

El Kordi comprou um exemplar do único jornal grego da cidade, dobrou-o e enfiou-o no bolso do paletó. Sentira uma necessidade violenta de entregar-se àquela farsa idiota. Toda a atividade sisuda ao redor o incomodava qual uma ofensa infligida a um povo naturalmente jovial. Também tivera vontade de escapar um pouco àquela angústia quase palpável, que se tornava mais intensa à medida que avançava pela artéria, iluminada como se esperasse um luto grandioso. O prazer de surpreender o vendedorzinho de jornais não o deixava esquecer de seu projeto. "Chega de brincar. É chegada a hora de agir." Estava alcançando seu objetivo; poucos metros ainda o separavam da joalheria.

Qual era mesmo a palavra que tinha lido em algum lugar e que parecia possuir um poder tão sedutor? Expropriação. A palavra voltava-lhe à memória, cercada de certezas gloriosas. Não era um roubo o que ele ia empreender, era uma expropriação. Aquele pensamento acalmou-lhe as apreensões de ladrão principiante, embora não alterasse em nada as dificuldades da tarefa. Claro, as dificuldades continuavam sendo as mesmas, mas o aspecto novo que a ação assumia criava uma diferença fundamental. Ele já não era um simples vagabundo empreendendo o primeiro furto. El Kordi mantinha-se, desse modo, fiel a seu ideal revolucionário. A tentativa se lhe afigurava agora como o início de uma era de transformações, de lutas longas e sangrentas; como a faísca ínfima de um fogo que só se apagaria com a libertação do povo.

A grandeza da tarefa o emocionou até as lágrimas.

Avançou, resoluto, até a vitrine da joalheria, como se fosse impulsionado pelo clamor de uma multidão de oprimidos famélicos. Já não passava do instrumento de um povo determinado à vingança. Deteve-se, estupefato. Como se estivessem na água de um aquário, as preciosas jóias cintilavam sob a luz crua, com estranhos reflexos que hipnotizavam o olhar. El Kordi se viu transportado para o centro de uma magia incomparável. O clamor selvagem das massas desenfreadas silenciara; ele estava só, esmagado por todo aquele esplendor inacessível. Foi então que o desânimo se abateu sobre ele feito uma pedra pesada. Roubar, era fácil falar! Mas como? Por meio de que feitiço se apropriaria de uma daquelas jóias, mais distantes que o mais distante astro do firmamento? A amargura que sentiu diante da própria ingenuidade causou-lhe, uma vez mais, lágrimas nos olhos. Lembrou-se da amante doente, fadada a uma existência degradante num bordel sórdido, à espera do socorro dele. Com os olhos úmidos, contemplava os tesouros cintilantes da vitrine, pensando que com o preço de uma única jóia daquelas poderia arrebatar Naïla de seu destino abjeto. A determinação de salvar a jovem da prostituição e assegurar-lhe uma vida decente era naquele momento tão forte e real que ele buscou desesperadamente um jeito de cometer o roubo. Mas as jóias continuavam extraordinariamente inacessíveis, pareciam pertencer a outro universo. Sentiu, com pesar, toda sua impotência, cerrou o punho e ergueu lentamente o braço para destroçar a vitrine num gesto de demência.

Um perfume de violetas penetrou-lhe as narinas e o alertou para a presença de uma mulher ao seu lado; interrompeu o movimento do braço, os nervos repentinamente relaxados, todo o seu ser invadido por uma alegria deliciosa. O mero aroma daquele perfume bastara para abater sua raiva. Sem virar a cabeça, olhou de soslaio para a mulher que estava perto dele, imóvel, séria, parecendo fascinada pela abundância das riquezas contidas na vitrine. Era uma jovem indígena, vestida com esmero e elegância um tanto raros. As dobras de seu *melaya*, de corte impecável, moldavam-lhe as formas esbeltas realçando as curvas firmes do traseiro. Embora a parte inferior do rosto se ocultasse por trás de um véu de seda preta, o brilho dos largos olhos rasgados pintados com *kohl* deixava adivinhar uma beleza de raça. De toda sua pessoa desprendia-se um ar de mistério sensual que fazia El Kordi estremecer no fundo de sua carne. Ela parecia estar extremamente interessada num colar de diamantes que, sozinho, enchia quase toda a vitrine.

Aquela magnífica criatura encantou El Kordi de tal maneira que ele ficou por um momento sem reflexo nenhum. Depois o medo de que ela fosse embora o levou a dizer, em voz sussurrante:

– Tenho certeza, ó beldade, de que este colar ficará maravilhoso em você.

A mulher o olhou de alto a baixo como se ele fosse uma serpente imunda.

– É, eu sei – disse ela. – Mas onde está o homem rico o bastante para me dar esse colar?

El Kordi não achou o que responder àquele convite malicioso. A mulher era uma prostituta, porém uma prostituta de classe. Ele certamente não a presentearia com um colar de diamantes, nem sequer com uma espiga de milho assada. Quem ela pensava ser? A extravagante noção que tinha do próprio valor comercial divertia El Kordi mais do que o assustava. Da parte dele, nada receava: não tinha nada a perder naquela aventura. Aquela fêmea tola nem desconfiava com quem estava lidando. Ele a teria de graça. As prostitutas eram o tipo de mulher que El Kordi seduzia com mais facilidade; conhecia sua mentalidade e sabia como falar com elas.

Estava agora convencido de que o destino só o trouxera até ali para encontrar aquela prostituta de ares aristocráticos. Pensou rapidamente numa gracinha para retomar a conversa e, o principal, para fazê-la rir.

Mas a mulher não lhe deu tempo para tanto; afastou-se de súbito da vitrine e foi-se embora com a precipitação de uma pessoa ofendida. Ela decerto interpretara o silêncio de El Kordi como uma recusa. Será que pensava mesmo que ele lhe compraria um colar de diamantes? Que doida! El Kordi seguiu-a instintivamente. Foi quando percebeu que ela não estava sozinha: ia acompanhada de uma menininha com cabelos trançados e fita cor-de-rosa, calçando tamancos de madeira. El Kordi de início sentiu-se despeitado, porém concluiu que aquela era uma circunstância feliz; a menininha era um bom elemento para permitir que se conhecessem. Alcançou-as com passo ligeiro e pôs-se a andar quase ao lado delas, esperando o momento propício para intervir.

Podia agora apreciar com calma a elegante silhueta da mulher, que avançava balançando os quadris e estalando na calçada os sapatos de salto alto. Andava feito sonâmbula, olhando reto à frente, indiferente aos desejos que despertava ao passar. Perturbado como nunca antes em suas aventuras amorosas, El Kordi vivia minutos patéticos. Os vastos conflitos que agitavam sua alma generosa tinham desaparecido como que por encanto. A miséria das massas deserdadas, a revolução em marcha, a derrubada das potências malditas, tudo isso podia esperar. Estava preocupado apenas em cercar a tão tentadora presa, cujo rebolado luxurioso perfurava-lhe a carne. Já estremecia à idéia de possuí-la.

Sem importar-se com os transeuntes ciumentos que observavam com olhar crítico aquela paixão nascente, El Kordi preparava-se para entrar em ação. Tirou do bolso um punhado de sementes torradas e, aproximando-se da menina, estendeu a mão aberta com ar inocente. A menina olhou para a mão de El Kordi, mas não se atreveu a tocar nas sementes.

– Tia!
– O que foi? – perguntou a mulher, em tom exasperado.

Ela fingia ignorar a presença de El Kordi.

– Posso pegar?
– Pegar o quê?
– Umas sementes.
– Pegue se quiser.

A menina virou-se para El Kordi.

— Me dá — disse ela.

El Kordi derramou as sementes na mão dela. A menina se pôs imediatamente a comê-las com habilidade. El Kordi afagou-lhe os cabelos e compôs uma atitude paternal. Formavam agora um grupo familiar perfeito: um jovem casal passeando com a filha. Na verdade, esse sucesso fácil embriagara El Kordi a tal ponto que por pouco não aceitaria casar-se naquela hora com a mulher se ela assim exigisse. Nada mais lhe importava: estava pronto para todos os comprometimentos, desde que ela dormisse com ele. Nunca antes estivera lado a lado com uma prostituta tão linda e tão classuda. Era uma oportunidade única na vida dele. Tinha a impressão de que, caso não conseguisse possuí-la, não seria capaz de sobreviver à derrota.

Apesar do menosprezo exibido pela mulher, El Kordi estava cheio de esperança. Continuou cortejando a menina.

— Como você se chama?

— Eu me chamo Nagafa.

— Que nome bonito! — extasiou-se El Kordi. — Você gosta de sementes?

— Gosto, eu sempre como.

— Muito bem, da próxima vez vou comprar um pacote bem grande para você.

Nisso, a mulher se deteve, encarou El Kordi e disse pausadamente:

— Acho que está na hora de falar sério.

El Kordi, pego de surpresa pelo ataque brusco, balbuciou:

— Mas claro. É tudo o que eu espero.

Ela ia abordar a questão principal: o preço de seus encantos. El Kordi compreendeu que precisava jogar duro; não estava em condições de pagar sequer o necessário para comprar um rabanete.

— Quais são as suas intenções? — prosseguiu a mulher.

— As melhores do mundo — garantiu El Kordi. — Estou às ordens. Você só precisa ordenar.

— Onde você tem a intenção de me levar?

— Na minha casa, ora! Eu tenho um apartamento muito confortável. Tenho certeza de que você vai gostar. Espero que aprecie móveis de estilo moderno.

Ele estava ficando mundano, tentando esquivar-se das questões sérias.

— Em que bairro fica esse apartamento?

Ela não parecia estar levando muita fé.

— Em Menchieh. A poucos passos daqui.

— Você chama isso de poucos passos! É muito longe. Lamento, mas não posso ir.

— Pela minha honra, garanto que não é muito longe. E também não precisa se preocupar. Pode passar a noite lá. Tenho um apartamento grande. A menina pode dormir na sala.

— Passar a noite!

Ela olhou para ele como se o avaliasse.

— E você é rico o bastante para pagar por uma noite inteira?

— Por Alá! O que eu estou ouvindo? Nunca ninguém tinha me feito tamanha afronta. Será que eu pareço algum vagabundo? Sou um alto funcionário do governo. Quem você pensa que eu sou?

A mulher parecia cética; estava refletindo.

— Está bem, eu acredito. Vamos pegar um fiacre, então.

El Kordi calculou mentalmente a quantia que tinha no bolso; não dava para pagar um fiacre. Fez de conta que chamava um, sem convicção, com voz alquebrada e tímida, mas nenhum cocheiro respondeu ao chamado. Todos achavam que ele estava de brincadeira.

— A gente encontra um no caminho – disse ele. – Vamos andando. Você não acha que está um tempo lindo?

A mulher não era tão boba; tinha entendido.

– Vá passear sozinho, seu funcionário de um governo falido! – E saiu, com a menina agarrada ao *melaya* de seda, o andar mais altivo que nunca.

El Kordi a observou partir com ar incrédulo; ainda não podia acreditar no desmoronamento de seu belo sonho. Ouvia risos pipocando ao redor. Eram transeuntes que tinham acompanhado toda a cena e agora achavam graça ao vê-lo de mãos abanando. El Kordi deu as costas aos sarcásticos invejosos; desprezava os escárnios. Tornara-se novamente muito digno.

Embora o bordel de Set Amina tivesse voltado às atividades havia uma semana, muitos freqüentadores ainda não ousavam aparecer. Os raros clientes sentados na sala de espera se comportavam como pessoas que vieram assistir a um funeral. Tinham a impressão de que uma armadilha fora colocada ali para eles. E não se enganavam de todo.

Ao conceder a Set Amina a autorização para retomar o comércio, Nour El Dine deixara-se guiar pela esperança de descobrir o indivíduo que buscava – em virtude do axioma segundo o qual o assassino sempre volta ao local do crime. Com tal intuito, encarregara um de seus melhores detetives de investigar o prostíbulo, fazendo-se passar por um rico negociante da província. O negociante, depois da reabertura, aparecia toda noite com jeito de bêbado e se comportava feito um legítimo camponês vindo refestelar-se nos prazeres da capital. No último momento, contudo, abstinha-se de acompanhar qualquer moça até o quarto, e esse comportamento esquisito despertou desconfiança. Além disso, as perguntas que fazia não tinham sido especialmente elaboradas para torná-lo irreconhecível. Todo mundo já sabia que era um policial à paisana. Set Amina o identificara desde o primeiro minuto, mas se fazia de cega. O que mais podia fazer? Nesse momento, sentada no sofá em sua pose tradicional, observava o policial, que estava de gracinhas com a menina Akila, acariciando-lhe as coxas por baixo do vestido, sem decidir-se a consumir. Ultrajada por aqueles modos que faziam a mais requisitada das residentes perder tempo, acabou se queixando a um antigo admirador, que estava sentado junto dela no sofá, falando-lhe com devoção do tempo em que ela ainda era uma prostituta desejável.

— Está vendo só? Eu não estou dizendo que eles querem me arruinar? Será que esse homem não vai embora nunca?

— Acalme-se, mulher! Policial ou não, é cliente do mesmo jeito.

— Isto, um cliente! Que a moléstia me livre de clientes desse tipo.

— Cale-se. Ele pode escutar.
— Pois que escute! Afinal, eu sou a dona da casa.

Ela enfim cessou de se lamentar, apoiou a mão no rosto — atitude clássica das criaturas abatidas pela dor — e não deu mais atenção ao policial.

O fantasma da jovem Arnaba não assombrava o espírito de Gohar. Confortavelmente instalado numa das poltronas de ratã, tentava alinhar uns algarismos na folha quadriculada de um caderno escolar de capa amarela. Recuperara com alegria o emprego de contador e homem de letras a serviço de uma cafetina desavergonhada. A contabilidade do prostíbulo era do tipo rudimentar e não exigia nenhuma concentração intelectual. De tempos em tempos, Gohar erguia a cabeça e deixava o pensamento impregnar-se daquela mescla de luxúria e conversas estéreis. A presença contínua do policial à paisana, em vez de preocupá-lo, propiciava-lhe um absurdo sentimento de segurança. Aquele homem o divertia: tornava-se ridículo com suas perguntas insidiosas. Será que não percebia que todo mundo já adivinhara sua identidade fazia muito tempo? Gohar estava curtindo ser testemunha de uma investigação policial cujos diversos desvios tendiam a descobri-lo e cerceá-lo. Não havia nele nenhum sadismo, só uma completa indiferença pelo resultado da investigação. Todos aqueles esforços despendidos para sua captura lhe pareciam desproporcionais à insignificância do crime.

Gohar estava menos preocupado com a prisão do que com os perigos a que Yéghen se exporia para vir em seu auxílio. Sua dedicação, sua generosa oferta de socorrê-lo, tinham-no comovido pela absoluta sinceridade. Yéghen era capaz de arquitetar os arranjos mais suspeitos a fim de conseguir o dinheiro necessário para a viagem. Será que não se comprometeria em algum ato ilegal, talvez até em vão? Gohar gostaria de impedir aquilo tudo; agora sentia-se cheio de remorsos. Será que não deveria ter dissuadido Yéghen, demonstrado a futilidade de qualquer tentativa destinada a salvá-lo? Fora fraco ante aquela manifestação de simpatia diligente. Além disso, Yéghen não tinha lhe oferecido a própria vida? Seria possível, de fato, recusar o favor de um homem que lhe pede para dispor de sua vida? Teria sido uma falta de tato, uma ofensa à amizade.

E se uma fuga fosse mesmo possível, se ele pudesse mesmo ir embora para a Síria? Imaginou os vastos campos de maconha, ele próprio cultivando a magnífica planta com aquelas mãos que tinham estrangulado uma jovem prostituta. Sonho diabólico. Não durou mais que um instante.

— Gohar Efêndi!

Quem o interpelava era o policial à paisana. Ainda apalpando Akila, voltara-se para Gohar como se solicitasse uma opinião da mais alta importância.

— Estou escutando – disse Gohar.

Os raros clientes espalhados pela sala de espera espicharam o ouvido. Tudo o que o policial à paisana falava dizia-lhes diretamente respeito.

— O assassinato da menina Arnaba – disse o policial – me lembra uma história antiga que também tinha um prostíbulo como cenário. Não sei se você se recorda. Havia nessa história um detalhe estranho, que de repente me veio à memória.

Aquele imbecil ia falar sobre o crime de novo. Gohar tossiu, apanhou a bengala e então disse com a polidez habitual:

— Me desculpe, mas não tenho a menor lembrança disso.

— É um caso que data de antes da guerra. Foi muito comentado nos jornais da época. Tratava-se de uma prostituta morta a facadas. Na autópsia, o médico-legista constatou que ela era virgem. O mais engraçado é que ela trabalhava fazia quase 20 anos. O que você acha disso?

— Inacreditável! – admirou-se Gohar.

— Pois não é? Não consigo deixar de pensar nisso. Uma puta virgem! Admita que não dá mesmo para confiar em ninguém.

— Até uma bunda de puta pode conter surpresas — disse Gohar. — Pode surpreender todo mundo.

— Me encanta essa sua filosofia. Acho que você é um homem que conhece a vida.

O policial soltou um exagerado riso vulgar, abraçou a companheira e beijou-a na boca à maneira de um animal selvagem. Akila, que era uma moça esperta, excitou-o até o ponto em que ele visivelmente resfolegava. Logo não conseguiu mais agüentar e aceitou ir com ela para o quarto.

— Até mais tarde, Gohar Efêndi!

— Seu criado.

— Até que enfim esse infame se resolveu! — exclamou Set Amina, triunfante. — Pelo menos não vai ficar se divertindo na minha casa sem gastar.

Gohar voltou para suas contas, mas fora tocado pela graça. Mais uma vez, o drama desvendava seu lado risível. Aquela virgindade inopinada, brandida sobre o cadáver de uma prostituta assassinada, não denotava, a seu próprio modo, algum drama? Gohar tinha solucionado o enigma. Levar a sério este mundo desprezível? Aí é que residira a sua loucura. Longos anos de loucura.

— Eu sabia que ia encontrar você aqui, mestre! Tenho uma coisa muito séria para contar.

El Kordi aparecera na sala de espera de maneira absolutamente notável: com o tarbuche enfiado até as orelhas e a parte inferior do rosto coberta por um lenço que segurava com força, como se comprimisse o sangue de alguma ferida.

— O que foi, meu filho? Você está ferido?

Como se agora estivesse a salvo do olhar vil de seus carrascos, El Kordi retirou o lenço, colocou-o no bolso e sentou-se junto de Gohar.

— Não, não tenho nada — disse, inclinando-se. — Só estou tentando não ser reconhecido.

— Por que esse mistério?

— Fui identificado, mestre! Eles sabem que eu sou um revolucionário.

— Eles quem?

— A polícia, ora! Eu fui seguido. Tenho certeza absoluta. Escute, mestre! Esta tarde, peguei o bonde para ir até a cidade européia. Havia uma multidão indescritível. Eu estava completamente esmagado, não conseguia mexer um dedinho. Então, me aborrecia no meu canto quando, de repente, percebi que um homem sentado à minha frente não parava de olhar para mim. Foi horrível. O homem era caolho, e me observava com o olho ruim. Você pode imaginar o meu pavor.

— O que faz você pensar que se tratava de um policial? Talvez fosse apenas um homem caolho, mais nada.

— Deixa eu contar o resto. É uma história de maluco. Quando o cobrador veio pedir os bilhetes, o homem, provavelmente por algum reflexo bobo, respondeu: polícia secreta. Só isso.

— Muito engraçado! — disse Gohar. — Espero que você tenha caído na gargalhada.

— Como eu poderia rir, mestre? Saltei imediatamente, com o bonde em movimento.

— Mas o que você estava indo fazer na cidade européia? — perguntou Gohar.

— Eu falei para você dias atrás. Estou decidido a fazer qualquer coisa para conseguir dinheiro. Estava indo para a cidade européia com a intenção de tentar roubar uma joalheria da avenida Fouad.

— E deu certo?

— Não era tão fácil como eu previa — admitiu El Kordi com amargura. — Acho que ninguém conseguiria.

No fundo, ele não estava mais pensando na vitrine repleta de jóias inacessíveis, e sim na aventura mal-sucedida com a jovem mulher. Ela queria tomar um fiacre. Criatura insolente! Por um instante, esteve a ponto de contar o encontro para Gohar, porém conteve-se: não queria que Gohar o julgasse um revolucionário de araque.

— Por que você precisa tanto assim de dinheiro?

— Não é para mim, mestre! Eu posso viver bem na pobreza. Mas tem a Naïla, que está doente e que eu quero tirar deste maldito lugar. E também os outros todos.

— Que outros? Você tem família para sustentar?
— Não, não tenho família. Mas fico pensando nesse povo oprimido e miserável. Mestre, não consigo entender. Como você pode ficar insensível aos atos desses salafrários que abusam do povo? Como pode negar a opressão?

Gohar elevou a voz para responder.

— Meu filho, jamais neguei a existência dos salafrários!

— Mas você aceita. Não faz nada para lutar contra.

— O meu silêncio não é uma aceitação. Luto contra eles com mais eficiência que você.

— De que jeito?

— Com a não-cooperação — disse Gohar. — Simplesmente me nego a colaborar com essa imensa enganação.

— Mas um povo inteiro não pode se permitir essa atitude negativa. Eles são obrigados a trabalhar para viver. Como poderiam não colaborar?

— Que se tornem todos mendigos. Eu mesmo não sou um mendigo? Quando o povo do nosso país for constituído apenas por mendigos, você vai ver no que vai dar essa fantástica dominação. Vai virar pó. Pode acreditar.

Era a primeira vez que El Kordi ouvia Gohar falar com aquele tom de áspera violência. Quer dizer então que Gohar tinha suas próprias idéias sobre um jeito de derrubar o detestável poder. Por que nunca dissera nada sobre isso?

— Mas nós já somos um povo de mendigos — argumentou. — Parece que não resta mais muito a fazer.

— Resta, sim, muito a fazer. Ainda existe um monte de gente como você, que continua colaborando.

— Aí é que você se engana, mestre! Eu não faço praticamente nada. A minha presença no ministério é quase uma sabotagem.

Gohar ficou quieto; estava descontente consigo mesmo. A ênfase com que se expressara lembrava-lhe demais o pedantismo universitário. Que necessidade havia de se defender? Ele, negando a existência desses salafrários? Ele, que tinha largado tudo, o conforto e os prazeres, para não freqüentar mais esses imundos. O que El Kordi estava pensando? Que era o único a saber que o coitado do povo era dominado por um bando de ladrões sem-vergonhas? Até uma criança sabia disso.

Ele sorriu, porém, ao olhar para o rapaz.

— Você sabe que há um policial aqui? — disse, querendo provocar. — Neste exato momento, ele está fornicando com a menina Akila.

— Por Alá! É mesmo — exclamou El Kordi. — De agora em diante, tenho que tomar muito cuidado.

Levantou-se de repente, como se o lugar se tornasse extremamente perigoso.

— Desculpe pelos jornais, mestre! Levo para você amanhã, sem falta.

— Obrigado, meu filho! Não tem pressa.

— Olhe, pegue este aqui. Já acabei de ler.

Entregou a Gohar o jornal grego.

Set Amina, que ficara aquele tempo todo espiando El Kordi, com suspeita de que ele estivesse tramando algum complô, deu um suspiro ao vê-lo aproximar-se.

— A Naïla está no quarto?

— Está, sim, com um cliente. Deixe a menina trabalhar. Ou será que vocês todos estão querendo me arruinar?

— Não é hoje que você vai se arruinar, mulher! Aliás, aí vem ela.

Naïla estava voltando para a sala, seguida por um cliente que se retirou depois de um rápido cumprimento. Sem prestar atenção em El Kordi, inclinou-se para Set Amina e lhe entregou uma quantia de dinheiro que a cafetina enfiou dentro da blusa.

— Vamos para o seu quarto, minha querida! — disse El Kordi. — Preciso falar com você.

— Me deixe — retrucou Naïla sem olhar para ele.

— Estou aqui para trabalhar, não para ouvir histórias.

— Vá, minha filha sugeriu Set Amina. Esse moço é doido. Não quero nenhum escândalo.

— Não, minha tia! Não vou. Não conheço mais esse homem.

Sentou-se no sofá e se achegou a Set Amina como se quisesse buscar proteção junto dela.

El Kordi não entendia aquela súbita frieza. Por que a birra? Puxou uma poltrona e se instalou em frente da amante.

— Você não deveria mais trabalhar. Eu falei para você descansar.

— E é você que vai me alimentar?

Aquela censura pareceu-lhe trivial e injustificada. Desde quando a questão era comida?

— Estou sendo perseguido pela polícia e você vem me falar em comida – ele disse com voz abatida.

— Pss! – fez Set Amina. – Não fale no diabo! Ele não está muito longe.

O policial à paisana voltava, abraçando Akila pela cintura e empertigando-se como se fosse o único homem viril do bairro todo. Vinha sussurrando palavras de amor no ouvido da moça e lançava um sorriso que parecia se desculpar pelo prazer que acabara de experimentar.

Com tranqüilidade, El Kordi virou-se para ele e disse, em tom de conversa mundana:

— Se tem um policial nesta casa, gostaria muito de ser apresentado a ele.

O pretenso negociante do interior acusou o golpe sem abrir mão da jovialidade. Contudo, deu uma de homem honesto assustado com a proximidade da polícia.

– Tem um policial aqui! Por minha honra, que dia mais negro!

– E parece que é você – disse El Kordi, apontando para ele.

O homem empalideceu.

– Está enganado, Efêndi! Sou um honorável comerciante!

– Não insulte a clientela – interferiu Set Amina. – Este homem é um nobre. Eu conheço ele.

– Mas foi você mesma que me disse que ele é um policial – exclamou El Kordi com uma espécie de raiva inconsciente.

– Eu? – urrou Set Amina. – Ingrato! E eu que te recebia nesta casa como se fosse o meu próprio filho!

– Calma, minha gente! – disse o policial. – Trata-se de um simples mal-entendido. Vamos nos explicar.

– Não é necessário – disse El Kordi. – Estou pronto para confessar.

– Confessar o quê, Efêndi?

– Confesso que sou o assassino da menina Arnaba.

O policial arregalou os olhos e seu rosto assumiu uma expressão rígida. Naïla, ante a confissão do amante, por um instante ficou petrificada e em seguida desatou em prantos. De seu lugar, Gohar assistia à cena, impassível e sorridente. El Kordi decerto nunca mudaria. Acabara de meter-se numa canoa furada pelo simples prazer de assombrar uma platéia de pés-rapados.

X

O homem, alto e de espaldas largas, estava em pé em sua lojinha feito uma múmia no sarcófago. Era uma loja estreita, com meio metro de largura e 30 de profundidade, se tanto; estava abarrotada de garrafinhas com gasolina, potes de ungüento e vidros com elixires contra impotência e esterilidade. Exalava um cheiro de perfume pesado e tenaz que deixava o ar irrespirável até o fim da viela, ou ainda mais adiante.

Com gestos sabiamente medidos, o homem destapou um vidro minúsculo e o apresentou ao olfato de uma cliente que se achava em pé na soleira da loja.

— Basta uma gota deste perfume, e os homens vão morrer por você – disse ele.

— Mas eu não quero matar ninguém – retrucou a mulher, rindo. – Só quero agradar o meu marido.

— Então não vendo – disse o homem. – Fico com pena dele. Vai ficar louco, no mínimo.

— Que dia mais negro! Por que você fica dizendo essas besteiras? Vou comprar.

— Pois bem! Para você, são só dez piastras.

— Dez piastras! Por Alá! Você está me arruinando! Quem está ficando louca sou eu. Olhe, aqui está o dinheiro.

Ela apalpou as dobras do *melaya*, tirou um lenço, desatou-o e contou a quantia. O vendedor entregou-lhe o vidrinho.

— Você vai ver – disse ele. – Vai me ser eternamente grata. Seu marido nunca vai ser capaz de repudiar você. Não vai conseguir viver longe desse perfume.

— Basta ele vir até aqui para conseguir.

— Pelo Profeta! Não vou vender para ele!

A mulher foi embora levando o frasco de perfume, e o homem voltou-se para Yéghen.

— Está combinado – disse. – O preço está bom para mim. Fico com a mercadoria.

— Vou trazer assim que possível. Não sei quando vai ser. Ficaram de me entregar logo.

— Espero que seja de boa qualidade.
— Da melhor qualidade — afirmou Yéghen. — Você sabe que disso eu entendo. Saudações.

Depois de sair da lojinha do perfumista, Yéghen se dirigiu para o Café dos Espelhos. Estava um pouco ansioso, porque o homem se mostrara desconfiado. Não fora nada fácil convencê-lo. O golpe era bem conhecido entre os traficantes; Yéghen já o tentara várias vezes e fora bem-sucedido. Tratava-se, digamos, de uma trapaça das mais simples. Consistia em fechar um negócio por uma determinada quantidade de heroína e depois, na hora certa, entregar ao comprador um pacote com sulfato de soda comprado na farmácia. Como a transação tinha que realizar-se com toda a pressa — dadas as circunstâncias —, o comprador ficava impedido de vistoriar a mercadoria. Quando descobria a fraude, já era tarde demais. Só lhe restava amaldiçoar o ladrão, sem ousar queixar-se a ninguém.

Havia tempos que Yéghen não recorria a esse procedimento desleal. Não por algum escrúpulo de consciência, mas porque sua má reputação o tornava suspeito entre todos os traficantes da cidade. Era difícil para ele conseguir novas vítimas. O homem a quem finalmente se dirigira era um dos raros traficantes que ainda não lograra e com o qual mantinha excelentes relações. O risco, porém, era grande; o homem era também um informante da polícia. Poderia preparar-lhe uma armadilha. No entanto, Yéghen estava decidido a correr esse risco; não conhecia nenhum outro jeito de conseguir o dinheiro que permitiria a Gohar ir embora para a Síria e escapar das conseqüências de seu crime.

No Café dos Espelhos, encontrou Gohar a uma mesa, em companhia de El Kordi; os dois estavam calados. El Kordi, com ar mais sombrio que nunca, parecia tramar terríveis vinganças. Quanto a Gohar, chupava com tranqüila satisfação sua bolinha de haxixe, com olhar perdido na multidão dos consumidores que lotavam o tortuoso terraço; de tempos em tempos, pegava o copo que tinha diante de si e tomava um gole de chá morno. Yéghen sentou-se com eles sem dizer nada; ele próprio não tinha vontade de falar. Matutava sobre o golpe que acabara de articular; se tudo corresse conforme previsto, logo estaria com o dinheiro para a viagem que prometera a Gohar. Poupar Gohar, salvá-lo dos trabalhos forçados, quem sabe até da forca, tornara-se para ele uma espécie de dever sagrado. Durante todos aqueles dias, pensara tão-somente em como poderia socorrê-lo. Ainda era grande o espanto em que o crime de Gohar o mergulhara; era um mistério que continuava a intrigá-lo. Como Gohar chegara a esse ponto? Que absurdo encadeamento de circunstâncias o levara a cometer o único ato para o qual não fora feito? Gohar era, dentre os seres humanos, o menos afeito à violência. Então como imaginar que tivesse atacado uma prostitutazinha inofensiva, criatura digna da maior compaixão? Yéghen teria gostado de pedir a Gohar maiores detalhes sobre a cena alucinante que se desenrolara entre ele e a vítima, mas uma espécie de pudor, de delicada discrição, o detinha. O que mais precisava saber? A amizade verdadeira não deveria se mostrar à altura, sem pedir explicações?

O rádio desencadeou-se de súbito feito uma tempestade, varrendo toda a extensão do terraço com uma onda ensurdecedora de música. A rajada sacudiu Gohar; ele pareceu reparar na presença de Yéghen. Um sorriso pálido iluminou seu rosto.

— Você parece exausto — disse ele. — O que está havendo? Está doente?

— Ah! Não é nada — respondeu Yéghen. — Estou cansado, só isso. Faz não sei quantos dias que não durmo numa cama.

— Você saiu do hotel?

— Saí, mestre! Era perigoso demais, a polícia conhecia o meu endereço. E eu não tinha dinheiro para ir a outro lugar. Nenhum hotel quer me fazer fiado.

— Posso fazer alguma coisa por você? O meu quarto está à sua disposição.

— Agradeço, mestre! Hoje estou com dinheiro. Pretendo me dar ao luxo de um leito de rei.

— Você acha que eles não vão te encontrar?

— Preciso que me deixem uns dias em paz. Só o tempo de concluir aquele assunto do nosso interesse. Uma vez resolvido, o que podem fazer comigo é indiferente. Eles não têm nada contra mim.

— Por que não deixar o destino seguir o seu curso? – perguntou Gohar. – Do que você tem medo?

— Do que eu tenho medo, mestre? Ora, medo de perder você! Peço desculpas por esse egoísmo. Sei que não dá a mínima para o que possa acontecer com você. Mas estou pensando em mim. Não suporto a idéia de te perder.

— Se eu for embora para a Síria, você vai me perder do mesmo jeito, meu filho.

— Não, mestre! Basta eu saber que está vivo, mesmo longe de mim, para não te perder.

Como dizer claramente que temia, por ele, a pior das condenações: a morte? O espírito de Gohar sobreviveria, sem dúvida, aos anos; o futuro dele seria decerto tão duradouro quanto o das pedras milenares. Porém onde estaria a alegria? Que recordação seria capaz de reproduzir a suavidade de uma palavra, os tesouros de humanidade contidos num gesto fraternal? Não, Yéghen precisava de um Gohar vivo – mesmo afastado pela distância –, um Gohar cuja existência com segurança em algum lugar do mundo bastava para torná-lo eternamente feliz.

El Kordi sacudiu a cabeça e pareceu jogar para longe seus tormentos imaginários. Olhou para os dois companheiros como se acabasse de perceber a presença deles. Uma luz febril brilhava em seus olhos.

– Do que vocês estão falando? – perguntou, ansioso. – Você está realmente indo embora para a Síria, mestre? Então vai nos deixar aqui sozinhos. Me leve junto, eu suplico. É, eu também quero ir embora. Vamos agora mesmo. Tenho o meu carro. Os cavalos estão tripudiando de impaciência. Mestre, o que está esperando?

– O que ele tem? – disse Yéghen. – Puxa! Está delirando!

– Acho que brigou com a amante – informou Gohar. – Daqui a pouco passa. Não se preocupe.

– Vou deixar ele mais calmo – ofereceu-se Yéghen. – Meu caro El Kordi, escute: quando estava vindo para cá, vi uma catadorazinha de bitucas que é uma verdadeira maravilha. Não deve andar muito longe.

Yéghen inclinou-se para El Kordi e pôs-se a conversar com ele em voz baixa. De repente, porém, ficou estupefato; reconhecera uma pessoa em meio à multidão.

— Cuidado! Lá vem o oficial que está cuidando do assassinato. Vem na nossa direção. Sejam bem discretos; não falem nada.

— Vou falar o que me der vontade — retrucou El Kordi. — Não tenho medo de ninguém.

Gohar parecia não entender; pegou tranqüilamente seu copo e tomou um gole de chá. El Kordi endireitou-se na cadeira e adotou uma postura muito digna. Parecia estar se aprontando para um combate decisivo.

Nour El Dine chegara perto da mesa deles; parecia não tê-los visto.

— Saudações, senhor oficial! — cumprimentou Yéghen com um sorriso sarcástico. — Dê-nos a honra da sua companhia.

Nour El Dine franziu o cenho; suas feições enrijeceram. Aquele encontro, sem dúvida, o pegara desprevenido. Não estava sozinho: Samir o acompanhava. Durante alguns segundos pareceu hesitar, depois sorriu de um jeito afável.

— Que boa surpresa, essa — disse. — Fico encantado de conhecer os seus amigos. Mas tenho a impressão de já ter tido o prazer de me encontrar com esse moço. Nós já nos conhecemos, não é? — acrescentou, dirigindo-se a El Kordi.

— É verdade — respondeu El Kordi, com altiva rigidez. — Fico lisonjeado por você se lembrar, excelência!

— Como eu poderia esquecer? Nunca esqueço um homem inteligente. A nossa conversa do outro dia me deixou uma elevada opinião a seu respeito. Pensei muito nisso nos últimos tempos. Mas a gente vai voltar a conversar. Deixe primeiro eu apresentar o meu jovem parente. É um estudante de direito com um futuro dos mais brilhantes.

Samir fez um leve sinal com a cabeça, porém não estendeu a mão para cumprimentar. Parecia estar fazendo um esforço desmedido para dominar os próprios nervos. Estava envergonhado; não duvidava de que aquelas pessoas estivessem a par da inversão de Nour El Dine. Lutava entre a vontade de ir embora imediatamente e ficar para demonstrar-lhes desprezo.

— E este é Gohar Efêndi — apresentou Yéghen. — Excelência! Como você ainda não conhece Gohar Efêndi? É uma grave lacuna na vida.

— Fico encantado por preencher essa lacuna — disse Nour El Dine, cumprimentando Gohar.

— Pois bem, queiram sentar-se — convidou Yéghen.

Ele parecia estranhamente feliz com aquele encontro. Agitava-se em volta da mesa, oferecia cadeiras.

Nour El Dine sentou-se; Samir hesitou um momento, depois acabou por sentar-se, cruzou as pernas e lançou ao oficial um olhar repleto de ódio. Com que prazer não o teria matado!

— Posso oferecer alguma coisa a vocês? — perguntou Nour El Dine.

E, sem esperar pela resposta, chamou o garçom e pediu chá para todo mundo. Tinha a intenção de mostrar-se fastuoso.

— É uma grande honra — comentou Yéghen. — Excelência, você está mesmo nos tratando bem demais!

— Imagine — disse Nour El Dine. — Só estou cumprindo a minha obrigação.

Depois, com outro tom e de modo inesperado, acrescentou:

— Soube que você tinha mudado de hotel. É verdade?

— É verdade — respondeu Yéghen. — Achei outro melhor. Excelência, sabia que não tinha banheiro nesse hotel onde eu estava? Não era possível continuar lá por muito tempo. Espero que compreenda.

— Posso saber onde fica a sua nova residência?

— Mas claro. Não tenho nada a esconder. No momento, estou acomodado no Semiramis. É um hotel de primeira categoria! Acho que vou gostar de lá. Você já morou no Semiramis? Eu recomendo. É realmente um lugar extraordinário. A vida parece que começa a fazer sentido assim que se entra lá. Perdão, excelência, mas eu nasci para o luxo.

– Vejo que você continua com o mesmo cinismo – disse Nour El Dine com um sorriso constrangido. – Mas não importa! Ao escutar você, sinto um interesse cada vez maior.

– O prazer é todo meu, excelência!

Yéghen era o único entre os presentes que percebia o que havia de realmente cômico naquela situação. O oficial de polícia sentado à mesma mesa que o assassino que estava procurando, oferecendo-lhe chá e comportando-se de modo tão cortês, era algo tão fenomenal que ele chegava a esquecer do perigo que Gohar estava correndo. Não parava de rir, só pensava em se divertir para valer.

Não conseguiu resistir ao prazer de provocar Nour El Dine.

– E então, senhor oficial, como vai a investigação?

– Não estou descontente – respondeu Nour El Dine. – O desfecho talvez já esteja próximo. Não esqueça que a paciência é a virtude essencial da nossa profissão. Mas, a propósito, você pensou sobre aquilo que eu perguntei outro dia? Estou sendo muito indulgente com você; ficaria chateado se acontecesse algum problema.

– Refleti sobre o assunto – disse Yéghen. – Gostaria de ajudar, acredite. Só que esse caso está mesmo além da minha competência.

— Pois então, azar, vamos deixar para lá. Aqui, aliás, não é lugar para falar dessas coisas. Quero ter em breve uma conversa com você num local mais apropriado. Ainda temos muito o que falar. Hoje eu saí para passear com o meu jovem parente. A gente precisa mesmo relaxar de vez em quando, não é? Estamos aqui entre amigos; vamos nos divertir. Que os assuntos sérios fiquem para mais tarde.

— Cuidado, senhor oficial — disse El Kordi, saindo enfim do mutismo. — Está mesmo dizendo que estamos entre amigos? Então podemos falar tudo?

— Perfeitamente — confirmou Nour El Dine. — Mas eu me pergunto o que você ainda teria para me dizer. Você já não disse tudo? Chegou aos meus ouvidos uma história meio perturbadora; parece que você se gabou, na frente de testemunhas, de ser o assassino da menina Arnaba. É verdade?

— É verdade, não enganaram você — atestou El Kordi. — Não nego nada. O que você está esperando para me prender?

— Eu desconhecia completamente esta história — disse Yéghen. — Meu caro El Kordi, meus parabéns.

— Não vou prender você — prosseguiu Nour El Dine —, porque sei que você não é o assassino. Você só quis se exibir. Por quê? Não faço idéia. Só me surpreende que um rapaz como você, que recebeu uma boa educação e fala línguas estrangeiras, se envolva nesse tipo de excentricidade. Não consigo entender a sua mentalidade. Você poderia me explicar esse comportamento dele, Gohar Efêndi? Acho que você assistiu a essa cena ridícula.

Fez-se um silêncio. Todos os olhares dirigiram-se para Gohar. Até Samir olhou para ele, atento, com as feições tensas e uma expressão de expectativa febril.

Gohar estava calado. Fazia alguns instantes que já não sentia a bolinha de haxixe na boca; devia estar totalmente desmanchada. Engoliu a saliva duas ou três vezes, saboreou uma última vez o gosto acre da droga. À volta, os seres e as coisas assumiam uma coloração mais rica, reluzente, tornavam-se perceptíveis nos mínimos detalhes. Os risos e alaridos transformavam-se num só murmúrio, insidioso e secreto, que lembrava os suspiros de uma mulher sensual na hora do êxtase. Seus olhos detiveram-se em Nour El Dine, e ele ficou estupefato com o sentimento de curiosa benevolência que o invadiu em relação ao carrasco. Mediante uma extraordinária acuidade perceptiva, estava descobrindo naquele carrasco de aspecto agressivo um ser torturado e inquieto, mais frágil que perigoso. Que olhar sofrido! Que sofrimento moral se ocultava por detrás daquela fachada de autoridade! O instinto de Gohar o advertia de que não tinha nada a temer por parte daquele homem.

E, mais estranho ainda, de que aquele homem precisava de sua ajuda e de sua compaixão.

– O senhor oficial está esperando – disse Yéghen. – Vamos, mestre, diga para nós qual é a sua idéia.

– Pois bem! – começou Gohar. – Creio que posso explicar o comportamento do nosso jovem amigo. El Kordi é um homem de grande nobreza de alma. Ele odeia a injustiça e faria qualquer coisa para combater atos injustos. Gostaria de transformar o mundo, mas não sabe por onde começar. Acho que esse crime revoltou nosso amigo. Ele quis assumir a responsabilidade e se oferecer como mártir à causa que defende. Estou contente, senhor oficial, por não ter levado a confissão dele a sério. É preciso perdoar essa maluquice. Ele agiu movido por um impulso muito respeitável.

– Mestre! Isso é intolerável! – exclamou El Kordi. – Me deixe explicar. Reconheço que não sou o assassino. Mas que importância tem ser eu ou outra pessoa? Para você, senhor oficial, o importante é prender alguém, não é? Então, eu estava me oferecendo. Deveria ficar agradecido.

– Absurdo! – disse Nour El Dine. – Completamente absurdo. Não é nada disso. Eu quero prender o culpado, apenas o culpado.

– Mas por quê? – inquiriu Yéghen. – Por que prender apenas o culpado? Excelência, está me decepcionando. Você se deixa influenciar por considerações ociosas.

– Por quê? – repetiu Nour El Dine. – É evidente, ora! Por que eu prenderia um inocente?

– O inocente e o culpado – comentou Gohar. – Deve ser difícil escolher.

– Mas eu não escolho – argumentou Nour El Dine. – Eu estabeleço a minha convicção com base em fatos incontestáveis e precisos. Só prendo um homem quando estou convencido de sua culpa! Vocês todos aqui são pessoas instruídas, só que parecem não ter a menor idéia do que seja a lei.

– Não é a lei que nos interessa – explicou Yéghen –, é o homem. O que nos interessa é saber por que um homem como você, em vez de desfrutar de sua curta vida, passa o tempo prendendo seus semelhantes. Acho essa ocupação muito malsã.

– Mas eu só estou defendendo a sociedade contra os criminosos – colocou Nour El Dine. – Que tipo de gente vocês são? Vocês vivem fora da realidade!

– A realidade da qual você fala – disse Gohar – é uma realidade feita de preconceitos. É um pesadelo criado pelos homens.

– Não existem duas realidades – retrucou Nour El Dine.

— Existem, sim — respondeu Gohar. — Primeiro tem a realidade nascida da impostura, e na qual você se debate feito um peixe que caiu na rede.

— E qual a outra?

— A outra é uma realidade sorridente, que reflete a simplicidade da vida. A vida é simples, senhor oficial. Do que um homem precisa para viver? Basta um pouco de pão.

— E também um pouco de haxixe, mestre! — acrescentou Yéghen.

— Que seja, meu filho! Também um pouco de haxixe.

— Mas isso é a negação de qualquer progresso! — exclamou Nour El Dine.

— Há que se escolher — disse Gohar. — Entre o progresso e a paz. Nós escolhemos a paz.

— E assim, excelência, deixamos o progresso para você — concluiu Yéghen. — Divirta-se com ele. Queremos que faça muito bom proveito.

Nour El Dine abriu a boca para responder, mas nenhuma palavra saiu de sua garganta oprimida. Estava fascinado pela figura de Gohar. Aquele homem falara na paz como se falasse de uma coisa fácil, que se podia escolher. A paz! Nour El Dine desconhecia tudo da existência anterior de Gohar, porém tinha a impressão de que aquele homem não era apenas o que parecia, ou seja, um intelectual malsucedido e reduzido à miséria. O rosto ascético, a linguagem refinada, a nobreza da atitude, tudo denotava nele uma inteligência aguda e penetrante. Como um homem daqueles decaíra tão baixo na escala social? E, principalmente, por que parecia gostar, gabar-se daquela situação? Por acaso teria encontrado a paz no fundo daquele extremo despojamento?

Pelos relatórios da polícia, Nour El Dine sabia que Gohar prestava um serviço qualquer no bordel de Set Amina. Não dera muita importância ao fato, julgando tratar-se de um antigo empregado a quem Set Amina fazia a caridade de solicitar tarefas miúdas. Não o imaginava assim. Agora que o tinha diante de si, mudara por completo de opinião, e até se perguntava se ele não seria, quem sabe, o assassino.

– O que é a paz? – ele perguntou a Gohar, fixando o olhar nele de modo estranho.

– A paz é o que você está procurando – respondeu Gohar.

– Por Alá! Como sabe o que eu estou procurando? O que eu estou procurando é o assassino!

– Permita que eu me surpreenda, excelência! – disse Yéghen. – Ainda me pergunto por que você não acreditou na confissão de El Kordi. Gostaria de saber quais são os seus motivos.

— São motivos muito simples — esclareceu Nour El Dine. — Eu já tinha conversado antes com esse rapaz. El Kordi Efêndi não podia ser o assassino. Ele fala demais, tem uma tendência a divulgar o que está pensando. Ele carece totalmente de hipocrisia. É um idealista. O homem que cometeu esse crime me parece ser um caráter mais sutil, mais enigmático.

— Puxa! Quer dizer que você acredita na psicologia! — exclamou Yéghen. — Nunca teria pensado isso de você, senhor oficial. Você me surpreende cada vez mais.

— Devo reconhecer que é minha primeira investigação de um crime desse tipo. A falta de motivo material e a ausência de indícios provando que houve estupro me obrigam a concluir que foi um crime gratuito.

— Um crime gratuito! — repetiu Yéghen. — Mas você é um espírito altamente perspicaz, excelência. Desculpe se até agora eu considerava você um espírito brutal e limitado.

— Você estava errado, meu caro Yéghen — disse Gohar —, ao confundir o senhor oficial com um espírito limitado. Ele analisou muito bem a situação. No entanto, eu queria observar uma coisa.

— O que é? — perguntou Nour El Dine.

— Será que um crime gratuito está na alçada da lei? Ele não seria da mesma essência que um terremoto, por exemplo?

— Um terremoto não raciocina — rebateu Nour El Dine. — É uma fatalidade.

— Mas o homem se tornou uma fatalidade para os seus semelhantes — prosseguiu Gohar. — O homem se tornou pior que um terremoto. Dá mais prejuízo, em todo caso. Você não acha, senhor oficial, que de uns tempos para cá, em matéria de horror, o homem superou os cataclismos da natureza?

— Não posso deter um terremoto — disse Nour El Dine com uma teimosia engraçada.

— E a bomba! — completou Yéghen. — Você pode deter a bomba, excelência?

— Essa maluquice de novo! — comentou Nour El Dine em tom resignado. — Não, Yéghen Efêndi, eu não posso deter a bomba.

— Então estão pagando você para não fazer nada — disse Yéghen. — Porque, para mim, pouco importa se você prender um pobre assassino. Ah! Se você pudesse deter a bomba!

Samir mantinha-se à parte da conversa; conservara o tempo todo a atitude de frio desprezo. Parecia visivelmente enojado por toda aquela gente. Sua curiosidade, contudo, estava em alerta. Por maior que fosse o desprezo, era gente diferente; nunca encontrara pessoas parecidas. Tinha a impressão de que estavam falando bobagem, mas falando de propósito, só para provocar Nour El Dine. Pareciam estar se divertindo bastante. Samir olhou para El Kordi e, sem saber por quê, compreendeu que ele, pelo menos, sabia. Parecia encarar Nour El Dine com um ódio quase igual ao seu. Será que o oficial de polícia já se insinuara para ele? Samir desviou o rosto; o desconforto que sentia virou raiva.

Levantou-se.

– Como? Você está indo embora? – perguntou Nour El Dine.

– Desculpe, meu bei! Mas preciso ir para casa. O meu honorável pai não me deixa fazer serão até tarde.

– Transmita as minhas saudações a toda sua família – recomendou Nour El Dine.

– Pode deixar – disse Samir em tom cortês, porém mordaz.

Deu-lhes as costas e atravessou o terraço de cabeça erguida.

– Peço que desculpem o meu jovem parente – justificou Nour El Dine. – É extremamente tímido.

– É encantador – constatou Yéghen. – Realmente encantador. Mas também está na minha hora. Lamento, excelência, ter que interromper uma conversa tão proveitosa. A verdade é que estou caindo de sono.

– Foi um prazer conhecer você, senhor oficial – disse Gohar, levantando-se. – Até qualquer dia, espero.

— Posso acompanhar você um momento? — perguntou Nour El Dine.

— Mas é claro — respondeu Gohar. — Sou seu humilde criado.

Yéghen já desaparecera. El Kordi ficou sozinho; parecia não ter percebido que os outros tinham ido embora.

Yéghen sufocou um grito e parou. Uma dúvida atroz acabara de surgir dentro dele, despertando-o do torpor. Sentiu, de repente, uma espécie de queimação pelo corpo todo, mas não era frio. O frio não podia penetrar até as regiões em que se situa a angústia. Ele esperou um momento, depois, com um gesto febril, enfiou a mão no bolso e tirou de dentro uma moedinha. Com os dedos entorpecidos, apalpou, esfregou por bastante tempo a moeda para experimentar sua substância e dureza; no entanto isso pareceu insuficiente. O pressentimento funesto que o invadira continuava impedindo-o de respirar. Precisava verificar o mais depressa possível se a moeda não era falsa; mas como, naquela escuridão? Precisava olhar para ela em plena claridade.

Havia um poste de luz no final da viela; Yéghen dirigiu-se para a luz, tomado por um pavor indizível. A crueldade do destino surgia agora em todo o seu horror.

Se a moeda fosse falsa, lá se fora sua noite de sono. Seu sonho de uma noite de descanso num quarto de hotel, longe do frio e da fadiga das andanças à toa, agora dependia tão-somente daquela moeda.

Yéghen estava com sono; sonhava com um sono de qualidade superior, que tivesse o gosto insondável do nada. O poste de luz ainda estava a uns dez metros de distância; ele não agüentou e parou para olhar a moeda. Abriu a mão, tremendo; levou-a à altura dos olhos e, ao mesmo tempo, soltou um grito de horrorizada surpresa. A moeda caíra e ele nem percebera, de tanto que a mão tremia. Yéghen quase se jogou no chão, vasculhou ativamente o solo com o olhar e com as mãos; não viu nada, não sentiu nada. Foi tomado por uma vertigem, e seu cérebro começou a delirar. O poste de luz estava longe demais; a luminosidade oferecida chegava até o limite do espaço da busca. Yéghen estava enlouquecendo de tanta raiva impotente. Amaldiçoava a si mesmo por ter tirado a moeda do bolso. Depois reclamou contra o governo. Aquelas moedas de duas piastras eram miúdas demais; será que o governo não podia fazer umas maiorzinhas? "Governo de cafetões!" O que pretendia, fabricando essas moedas? Queria fazer economia. Era uma vergonha e um absurdo.

Yéghen imaginou, em sua loucura, transportar o poste de luz para o local do desastre. Sentia-se capaz de tudo para encontrar a moeda. De repente, lembrou-se dos fósforos e sobressaltou-se. Todo o sofrimento se imobilizara, como sob efeito de um choque. A caixa de fósforos estava no bolso da calça; pegou-a, acendeu um palito, inclinou-se e moveu a chama ao seu redor. O primeiro exame não resultou em nada; a moeda continuava inencontrável. Yéghen queimou outro fósforo e deu uns passos para o lado, com o nariz quase encostando no chão. Logo em seguida seu coração pulou de alegria; a moeda estava ali, à sua frente, brilhante e clara feito um diamante. Apanhou-a, enfiou-a apressadamente no bolso, depois ficou um momento abobalhado, exaurido pelo esforço. O fósforo que esquecera de apagar queimou-lhe os dedos.

"Governo de cafetões!", ele gritou.

O ruído de um passo pesado fez-se ouvir, então alguém parou diante dele. Yéghen prendeu a respiração, virou-se e se viu frente a frente com um policial. Era uma aparição sinistra; Yéghen ficou petrificado. Já não se tratava mais de fome, frio ou fadiga: ele estava diante do representante oficial de todas as calamidades. Deu um sorriso sem jeito.

– Então você está insultando o governo! – disse o policial.

– Eu? – balbuciou Yéghen. – Não estou insultando ninguém, excelência!

– Acabo de ouvir você gritar: "Governo de cafetões!". Não sou surdo. Vamos, confesse.

– Ah! Não foi nada, excelência. Foi só por causa deste fósforo que queimou o meu dedo.

– Depois a gente pensa no fósforo – rebateu o policial. – Por ora, me diga: o nosso governo é, ou não é, um governo de cafetões?

– Não, excelência! Palavra, não se trata do nosso governo.

– Então de que governo se trata?

– Eu estava pensando num governo estrangeiro – afirmou Yéghen.

– Um governo estrangeiro – repetiu o policial, com ar pensativo. – Você é um mentiroso. Estava pensando no nosso governo, tenho certeza.

– Pela minha honra, excelência, está havendo um mal-entendido. Eu juro para você que se trata de um governo estrangeiro. Posso até dizer de que país.

O policial calou-se; parecia refletir. Para ele, refletir era difícil, muito difícil, de modo que parou a tempo. Estava começando a se sentir mal.

– Me diga o nome desse país. Depressa, vamos.

Yéghen não procurou escolher um país; o mundo era imenso e os países fervilhavam na superfície, porém Yéghen desdenhou escolher. O nome lhe veio aos lábios sozinho.

— A Síria — disse.

— A Síria — repetiu o policial. — É longe. Você tem certeza do que está dizendo?

— Absoluta. Juro pela minha honra.

— Está bem — disse o policial. — Mas ainda não vou te liberar. O que você estava fazendo aqui, acendendo um fósforo? Faz um tempinho que eu estou te espiando, sabe?

— Vou explicar — esclareceu Yéghen. — Acabo de perder uma moeda e acendi uns fósforos para procurar por ela. Como vê, é muito simples.

— Uma moeda! Que negócio é esse?

O caso estava se complicando. Yéghen estava exausto; tremia de frio. Por que espécie de mágica o mundo estava se encolhendo daquele jeito à sua volta? Ele fora perseguido a vida inteira. E agora, no limiar de uma noite de descanso, via-se assim cercado por aquele poder demoníaco, sempre à espreita. Ele odiava a polícia, principalmente os policiais, imagem acabada da brutalidade. Naquela hora, no entanto, teria gostado de estar do outro lado da barreira, de ser esse policial limitado e estúpido. Estava cheio de estar do lado dos espancados. Sentia dentro de si uma vontade louca de estar do lado dos espancadores, só por uma noite, só por aquela noite.

Dormir, não sentir mais frio, livrar-se daquele cansaço pesado que vinha arrastando dentro de si feito um fardo. Ser um policial abjeto, sim, mas conseguir dormir.

Adotou uma voz humilde, buscou uns requintes de polidez para dizer:

— Acredite, excelência! Estou dizendo a verdade. Está aqui a moeda.

Yéghen tirou a moeda do bolso e mostrou para o policial.

— Eu tinha acabado de encontrar quando você chegou.

O policial olhou para a moeda e bocejou. Ele não estava com vontade de ir até o posto policial, e o indivíduo parecia destituído de interesse.

— Tudo bem! — consentiu ele. — Pode ir. Mas pare de se comportar de maneira suspeita. Estou de olho em você.

— Obrigado, excelência — disse Yéghen. — Você é um ser superior. É a encarnação da inteligência. Um dia ainda vai ser ministro.

Yéghen inspirou profundamente e se pôs a correr. Ao chegar à altura do poste de luz, parou, abriu a mão sob a luz e examinou a moeda. Tinha um aspecto normal; era dinheiro bom. Ninguém se atreveria a recusá-la. Yéghen voltou a correr, ainda sentindo a presença do policial espiando-o no escuro.

O primeiro hotel diante do qual se deteve ostentava a placa: Hotel do Sol. Yéghen entrou. O hoteleiro, que cochilava num sofá sujo, ergueu a cabeça e olhou para Yéghen como se o tomasse por ladrão.

– O que você quer?

– Eu queria um quarto – disse Yéghen.

– Um quarto – repetiu o homem. – Posso te dar um quarto. Custa duas piastras. Você tem o dinheiro?

Yéghen estava preparado para esse pedido; segurava com força a moeda na mão. Estendeu-a para o homem, que a pegou, examinou-a à luz de um lampião fumegante que iluminava o hall de entrada e disse então em tom deferente:

– Siga-me, meu bei!

Subiram uma escadaria sem corrimão, de degraus gastos e perigosos como armadilhas. No segundo andar, o homem parou defronte a uma porta e empurrou-a.

– Entre. É o quarto mais bonito do hotel. Só dou para os clientes honoráveis.

– Fico muito agradecido – disse Yéghen.

O quarto era mobiliado com uma cama de ferro coberta por um edredom cor-de-rosa desbotado, uma cadeira e uma mesinha de madeira preta. Yéghen, porém, só tinha olhos para o edredom.

– Me diga: ele pelo menos está sem percevejo?

– Percevejo! – exclamou o hoteleiro, chocado. – Nunca. Este é um hotel de primeira categoria.

– Então está bem, agradeço.

– Vou deixar você descansar – disse o hoteleiro. – Durma bem.

Yéghen tirou a roupa no escuro e se meteu na cama. Adormeceu rapidamente e teve um sonho. Sonhou que era um policial onipotente e comandava uma multidão de brutamontes armados de cassetetes. Não tinha medo de mais ninguém. Era o senhor invulnerável da rua. Agora era ele quem espancava os pobres coitados. Semeava o terror à sua passagem, e todos os miseráveis fugiam quando ele se aproximava. Yéghen se via perseguindo uma figura baixa e feia, que não era senão ele próprio. Acabava por alcançá-la e, na hora em que ia abatê-la a cacetadas, sentiu uma dor terrível devastar-lhe o corpo.

Yéghen acordou soltando um grito lancinante. Um frio intenso reinava no quarto. Ele fez um gesto para puxar o edredom, mas para sua grande surpresa descobriu que ele sumira. A estupefação prendeu-lhe o fôlego: não conseguia entender o que acontecera com o edredom. Com todas as forças, pôs-se a chamar pelo hoteleiro.

Passou-se um tempo infinito sem que ninguém respondesse. Yéghen ofegava, sentado na cama, com os braços cruzados no peito para preservar-se do frio. Ia berrar de novo quando a porta se abriu e o hoteleiro surgiu no vão da porta, segurando um lampião de querosene. Adiantou-se com passos cautelosos, um dedo sobre os lábios.

— Onde está o edredom? — perguntou Yéghen. — Que história é essa?

— Não é nada — sussurrou o hoteleiro. — Estou usando para fazer um cliente dormir. Quando ele adormecer, trago de volta para você, por minha honra! Mas eu suplico, não me faça nenhum escândalo.

Yéghen então se deu conta do que acontecera enquanto dormia. O hoteleiro viera até o quarto e retirara o edredom para oferecê-lo a outro cliente. Ficou absolutamente pasmado com aqueles procedimentos fantásticos.

— O senhor tem um edredom só para o hotel inteiro? — perguntou.

— Não! — retrucou o hoteleiro, ainda em voz baixa. — Este é um hotel de primeira categoria, temos três edredons. Mas temos também muitos clientes.

— Compreendo — disse Yéghen. — O que vamos fazer? Eu estou com frio. E faço questão de dormir. Quero o edredom.

— Um instantinho só — pediu o hoteleiro. — Por minha honra, vou trazer esse edredom de volta agora mesmo. O cliente que está com ele estava muito cansado, dormindo em pé. Já deve ter adormecido totalmente. Não saia daqui! Vou dar uma olhada. E, por favor, não grite.

O hoteleiro saiu pé ante pé, levando o lampião. Yéghen ficou no escuro, tremendo de frio. Escutou o homem abrir uma porta ao lado da sua; era, decerto, o quarto do cliente novo. Yéghen se viu murmurando: "Tomara que ele já esteja dormindo. Meu Deus! Faz com que ele esteja dormindo". Depois caiu numa risada estridente que ressoou por todo o hotel como um convite à loucura.

XI

O policial que trouxera o bando todo apresentava explicações confusas, mas Nour El Dine não escutava. Não conseguia integrar-se a seu personagem; aquilo tudo estava muito distante de seu pensamento. A história da briga num café tornava-se cada vez mais inextricável. Quem a desencadeara? Ninguém sabia. Nour El Dine, sentado à mesa, abarcava a cena inteira com um olhar de indescritível desprezo. Às vezes, suspirava ruidosamente, como um homem exausto prestes a um gesto de desespero. Estavam ali, alinhados diante dele: três homens grandalhões com mãos grosseiras – carroceiros, provavelmente – e um indivíduo caquético, de rosto ensangüentado e vestido com farrapos. Segundo o policial, tratava-se de um mendigo. Mantinha-se de cabeça erguida e, com os olhos inchados, encarava o oficial de polícia com uma espécie de altivo desafio.

Nour El Dine por fim decidiu interrogá-lo.

– Foram eles que bateram em você? Você reconhece esses homens?

O homem de rosto ensangüentado estremeceu e avançou um passo em direção ao oficial de polícia. Até parecia que acabara de ofender-lhe a mãe.

– Bateram em mim? Em mim? – bradou. – E quem se atreveria a bater em mim?

– Então do que você está se queixando, seu filho de uma cadela?

– Não estou me queixando, excelência! Quem disse que eu estava me queixando?

Os três homens com jeito de carroceiros mantinham-se imóveis e silenciosos. Observavam com prazer maligno a atitude da vítima. Nour El Dine fez que ia levantar-se; sentia vontade de bater em todos eles. Percebeu de repente, porém, a futilidade do gesto e se conteve. Externamente, continuava sendo um oficial de polícia, duro e intransigente, cingido pelo uniforme, mas no fundo de si mesmo tudo estava se desagregando. Não compreendia nada daquela doença mortal que se apossara de seu ser e que o tornava inapto a exercer sua autoridade. Tinha a impressão de que o poder do qual tirava sua força não existia mais, nunca havia existido. Para espanto dos presentes, levou a mão à testa e apoiou-se na mesa, em atitude de profunda prostração.

O policial inclinou-se para ele e perguntou baixinho:

— Você está doente, meu bei?

— Me jogue este bando todo numa cela – respondeu Nour El Dine. – Não quero mais olhar para eles.

Depois que o policial e os quatro homens saíram da sala, Nour El Dine olhou para o policial à paisana sentado numa cadeira, que esperava fazia algum tempo. Era o mesmo que encarregara de vigiar o prostíbulo.

— O que você tem para me dizer?

— Na verdade, excelência, não tenho nada de novo a reportar. Acho que a minha missão se tornou inútil. Todo mundo lá já parece saber quem eu sou.

— Não me surpreende, em se tratando de você. Certamente fez de tudo para chamar a atenção.

— Mas cheguei a alguns resultados, excelência! A confissão daquele rapaz...

— Eu sei – interrompeu Nour El Dine. – Ele estava caçoando de você.

— Não entendo.

— Por favor, não tente entender. Seria um desastre! Me diga uma coisa: você não notou nada de diferente a respeito desse Gohar Efêndi?

— Não, nada. É um homem comportado, de boas maneiras. Não me pareceu suspeito.

— Pois para mim isso já é um motivo para ele virar suspeito. Pode ir.

Uma vez sozinho, Nour El Dine segurou a cabeça com as mãos e deu um suspiro de alívio. Seus nervos estavam no limite. Aquele bando de canalhas não lhe dava sossego. Nour El Dine queria matar todos, para não ter mais que ouvir falar neles. De uns tempos para cá, cumpria com suas obrigações de maneira grotesca. A intromissão de um elemento perturbador em sua vitalidade causava-lhe uma perplexidade cruel. Que nome dar àquela estranha fraqueza, àquela lassidão da alma que o paralisava bem no meio de um interrogatório, anulando qualquer vontade dentro dele? Chegava a ficar bobo.

O incrível era aquela altivez, que Nour El Dine descobria em tudo à sua volta, e entre as criaturas mais deserdadas, menos aptas a possuí-lo. A lembrança daquele mendigo famélico, de rosto inchado e ensangüentado, continuava obcecando-o. Sujeito engraçado. Não queria admitir que fora surrado. Onde se hospedava aquela altivez? Nour El Dine estava diante de um enigma que não conseguia desvendar, um enigma que escapava a qualquer investigação policial. O que ainda o mantinha fazendo aquele trabalho de bobo? Será que ainda acreditava naquilo? Passar a vida vendo desfilar diante de si aquela gentalha maldita, suportar a assombrosa altivez daqueles maltrapilhos, que triste encantamento! E isso enquanto ele próprio abdicava de todo orgulho. Não tinha quase rolado no chão perante Samir para tentar comovê-lo? O mais amargo é que a vergonhosa humilhação de nada adiantara; o rapaz mantinha-se inabalável, friamente hostil. E, quando tentara tocá-lo – gesto dos mais infelizes –, Samir puxara uma faquinha do bolso e o ameaçara. Nour El Dine jamais esqueceria o ódio que lera nos olhos dele. Aquele brilho assassino! Ainda estremecia só de lembrar.

Esquecer, vencer a dor, não era tão fácil. A cada momento, no cumprimento de seu dever, esbarrava na altivez imbecil daquela escória miserável. Isso só servia para reavivar a ferida. E por quê, meu Deus? Que alegria poderia esperar? Sentia cada vez mais que teria que desincumbir-se da responsabilidade daqueles combates inúteis e inumeráveis, dos quais só colhia amargura e decepções. Que os assassinos prosperem e morram em suas camas. Ele não se importava.

Já estava escuro quando se levantou e saiu para a rua. As luzes amarelas dos postes cintilavam em volta da imensa praça margeada de lojas e cafés barulhentos. Nour El Dine precipitou-se e atravessou a rua sem prestar atenção nas agitações do trânsito. O barulho dos bondes e carros andando velozmente chegava aos seus ouvidos amortecido pela distância. Tinha a impressão de que, de uns tempos para cá, as coisas se afastavam dele e que as enxergava através de um véu. Avançava com olhar desvairado, a gola da túnica desabotoada, impelido para o seu destino pela força de um poder maléfico. Não podia mentir para si mesmo: naquele momento, o que o atraía em Gohar não tinha a menor relação com a investigação do assassinato da jovem prostituta. Desde o encontro com Gohar e, sobretudo, desde a conversa que tivera ao acompanhá-lo até em casa, produzira-se em Nour El Dine uma mudança na concepção que tinha de sua profissão. Nour El Dine estava começando a hesitar. Ele, que nunca duvidara do poder sagrado que detinha, começava a se perguntar onde estava a verdade. Não tinha mais certeza de nada. Apesar da convicção de que Gohar era o assassino que procurava – embora não tivesse, é verdade, nenhuma prova tangível –, continuava a interessar-se pela personalidade de Gohar muito mais do que pelo ato de prender um criminoso. Tinha consciência de que Gohar apresentava um problema cuja solução seria fundamental para seu futuro.

Durante todo o tempo que levara para reunir os fatos que viriam a acusar Gohar, tivera a sensação de estar mexendo num material explosivo que, ao estourar, só deixaria escombros. Mas sentia também que desses escombros surgiria a paz; essa paz que sentira no contato com Gohar e que, naquele momento, faltava-lhe de modo terrível.

Nour El Dine se perdia no dédalo das vielas parcamente iluminadas, de longe em longe, pelo débil clarão de um poste de luz. Não recordava com exatidão onde se situava a casa; em sua comum degradação, todas as espeluncas se pareciam. Deu várias voltas, perscrutando as fachadas gretadas, tentando lembrar diante de que porta deixara Gohar naquela noite. Porém foi em vão; tudo se embaralhava em sua cabeça; não conseguia reconhecer o local. Ia voltar, amargamente decepcionado, quando o acaso o favoreceu: ao passar na frente de uma porta, esbarrou em alguém.

– Que bela surpresa! – disse Gohar. – Você veio me visitar? Seja bem-vindo.

– Eu estava passando aqui pelo bairro e tive a idéia de vir fazer uma visita – contou Nour El Dine. – Espero não estar incomodando.

– Nem um pouco. Para mim é uma honra. Que belo acaso, na verdade! Não costumo voltar tão cedo, mas vim deixar este pacote no meu quarto.

Gohar trazia debaixo do braço um enorme pacote de jornal velho, que segurava com dificuldade junto ao quadril. Estava vergado sob o peso do fardo e parecia ofegante. No entanto, contemplava o oficial de polícia com olhar divertido, como se o encontro lhe proporcionasse alguma estranha satisfação. Percebia facilmente que o encontro não era fortuito e que Nour El Dine viera até sua casa com a intenção de interrogá-lo sobre o crime. Será que já suspeitava dele? De qualquer modo, esperava por aquela visita. E até a desejava.

– Desculpe se subo na frente – disse –, mas tenho que mostrar o caminho. Senão você está arriscado a morrer. Esta escada é um verdadeiro precipício. Cada degrau é uma armadilha.

Um atrás do outro, galgaram sem pressa a escadaria escura. Naquela obscuridade opaca, Nour El Dine não enxergava Gohar; escutava apenas o sopro ofegante e rouco. Parecia ter se tornado subitamente cego.

Por fim, uma luz. Gohar deteve-se no patamar; a porta dos vizinhos estava aberta, e um clarão vindo de um lampião de querosene iluminava debilmente a morada, que parecia vazia. Gohar ficou perplexo por alguns segundos. Aquela porta aberta o assustava; não gostaria de cruzar com a comadre pavorosa, sua vizinha. Mas de súbito o som de uma voz igual a um gemido infantil o despertou da hesitação:

– Boa gente! Venha em meu socorro!

Gohar avançou até a soleira da porta e entrou no apartamento dos vizinhos procurando a fonte daquele apelo pungente. Vislumbrou, num canto da sala, o homem-tronco no chão, como uma estátua mutilada de aspecto horrível. Com uns olhos de demente, embotados de lágrimas, o homem-tronco mirava um prato cheio de favas, além de um pedaço de pão, expostos à frente: sua refeição da noite. À aproximação de Gohar, ergueu a cabeça e seu rosto assumiu uma expressão de alívio enorme.

– O que posso fazer por você? – perguntou Gohar.

– Estou com fome – respondeu o homem-tronco.
– A mulher saiu e me deixou sozinho. Você poderia me ajudar a comer?

– Mas certamente – disse Gohar.

Ele se abaixou para colocar o pacote de jornais no chão, deixando Nour El Dine aparecer no vão da porta.

– A polícia! – exclamou o homem-tronco ao avistá-lo. – O que a polícia está fazendo aqui?

– É um amigo – esclareceu Gohar. – Não se preocupe, não vai te fazer nenhum mal.

– Eu não gosto da polícia. Ele que vá embora!

Com os olhos transtornados de medo, o homem-tronco se esqueceu da fome e só pensava naquele escândalo estupendo: a presença de um oficial de polícia em seu pardieiro. Ele se contorceu em seu soco, constituído de trapos empilhados, e soltou uns grunhidos de animal preso na armadilha, numa absurda tentativa de escapar ao que acreditava ser uma detenção. Seus esforços desesperados eram tão patéticos que Nour El Dine esteve a ponto de socorrê-lo. Por fim o homem se acalmou, o pavor aos poucos o deixou e ele ficou imóvel, com a boca aberta, esperando a comida. Com nariz largo e achatado, lábios grossos e bochechas inchadas, eriçadas pela barba, parecia um enorme sapo.

Gohar agachou-se junto dele e, com delicadeza e doçura quase maternais, tratou de dar-lhe de comer. Portava-se com o homem-tronco tal como teria feito com uma criança.

— Por que ela foi embora? — ele perguntou. — Vocês brigaram?

— Brigamos — disse o homem-tronco. — Essa filha de uma cadela é ciumenta. Não pára de me criar um monte de confusão.

— Se ela é ciumenta é porque ama você — explicou Gohar. — Me conte o que aconteceu.

— Foi assim. À tardinha, quando ela foi me buscar na cidade, me viu conversando com uma moça, uma catadora de bituca. Ficou furiosa. Cada vez que vê uma mulher perto de mim, fica louca de ciúmes. E olhe que eu sou fiel. Não é culpa minha se as mulheres se insinuam. Juro por Deus! Não sei o que elas vêem em mim.

Nour El Dine continuava encostado no vão da porta, feito alguém em suplício no pelourinho. As palavras do homem-tronco penetravam com dificuldade em sua consciência. Seria possível? Ele não conseguia conceber tal pretensão, tal fatuidade por parte de um trapo humano tão horrendo. Tinha a impressão de que o homem-tronco se gabava de modo indecente quando falava da atração que exercia sobre as mulheres. O que o fascinava acima de tudo era a ausência de gestos; a ausência de gestos conferia ao discurso do homem-tronco um tom sério e solene, a dignidade fria de um mecanismo falante. Nour El Dine teve vontade de cair na gargalhada, mas foi detido por um reflexo inerente à profissão. O que quer que acontecesse, tinha que manter a seriedade. Viera até ali para desvendar um enigma; talvez fosse enfim entender.

O homem-tronco comia com apetite feroz. De tempos em tempos lançava para Nour El Dine uns olhares furtivos; ainda não conseguia acreditar que aquele oficial estava em sua casa fazendo visita de cortesia. O medo de ser preso fazia com que engolisse depressa demais; parecia suplicar a Gohar que se apressasse e, principalmente, que não o abandonasse.

– Não se preocupe, ela provavelmente vai voltar – acalmou Gohar.

— Ah, não! Não quero mais saber dela — disse o homem-tronco. — Ela que vá se foder bem longe daqui. Estou cheio. Além do mais, está ficando velha demais para mim. Vou mandar essa mulher embora. Pretendo me casar com uma virgem.

Sorriu de um jeito obsceno, olhou para Gohar e acrescentou:

— O que você acha?

Gohar lembrou-se da terrível comadre e congratulou-se por ter uma jovem vizinha em breve.

— Acho que você tem razão. É sempre preferível ter uma mulher mais jovem. Sem dúvida, é muito mais animador.

— Pois não é? Estou mesmo querendo uma virgenzinha. Espero que você me dê a honra de assistir ao meu casamento. Vou oferecer um banquete de núpcias.

— Não vou faltar — garantiu Gohar. — Quer beber alguma coisa?

— Por favor. A moringa está ali.

A moringa estava perto da parede, atrás de Gohar. Ele a apanhou, inclinou-a na boca do homem-tronco e o ajudou a beber.

— Agradecido — disse o homem-tronco, depois que bebeu. — Acredite, fico chateado de abusar assim da sua boa vontade.

— Para mim foi uma honra e um prazer — disse Gohar.

— Pode contar com a minha gratidão. Ficarei encantado em prestar qualquer favor a você.

— Sou seu humilde criado — disse Gohar. — Um vizinho como você é uma bênção dos céus.

Aquela troca de delicadas gentilezas não era do gosto de Nour El Dine. Estava começando a se perguntar se Gohar e o homem-tronco não estariam zombando dele. Teve, por um instante, a idéia de ir embora, de fugir daquela visão infernal. No entanto, alguma coisa o retinha à própria revelia: ele queria entender. Se ao menos pudessem lhe explicar como aquele homem-tronco, aquele restolho de humanidade, podia provocar ciúmes numa mulher. Mas não, Gohar continuava trocando uma profusão de civilidades com o homem-tronco, como se aquilo fosse uma conversação mundana. Nour El Dine sentia-se quase inconveniente, como se estivesse diante de um casal de namorados se acariciando. O desejo de bater em retirada foi mais forte. Recuou devagar e se viu sozinho no patamar escuro. Porém agora era tarde demais para escapar da armadilha que o destino lhe armava. A voz de Gohar o alcançava; estava se despedindo do homem-tronco.

— Saudações! Vou voltar em breve para te ver.

Gohar saiu pé ante pé, com a bengala erguida acima do chão e tomando mil precauções, como se temesse perturbar o sono de um doente. Com o ar satisfeito de quem acaba de assistir a um espetáculo engraçado, atravessou o patamar e abriu a porta de seu apartamento.

– Depois de você, excelência!

Nour El Dine hesitou antes de transpor a soleira, depois avançou bravamente na escuridão, qual um homem resolvido a precipitar-se num abismo. Deteve-se, com a respiração entrecortada: acabara de esbarrar num objeto de madeira. Contornou o obstáculo e ficou parado, esperando levar uma facada no coração. Tinha a impressão de que Samir estava escondido nas trevas, com uma faca na mão, pronto para matá-lo. Por um momento a perturbação foi extrema; depois ouviu Gohar se mexendo em algum lugar no escuro, e em seguida a chama de uma vela iluminou a sala.

– Queira se sentar nesta cadeira – disse Gohar. – Desculpe se não posso fazer as honras, excelência! É uma morada pobre. Comporte-se, porém, como se estivesse em sua casa.

Nour El Dine deixou-se cair na cadeira, mas não respondeu nada. O que significava aquele discurso? Gohar achava que ele era idiota? Comportar-se como se estivesse em casa! A gozação chegara ao cúmulo. Nour El Dine estava quase acreditando que espíritos malignos se empenhavam em ridicularizá-lo. Esperava deparar com um pardieiro abjeto, móveis miseráveis e sujos, mas não; aquele desprovimento extraordinário, o vazio maravilhoso e tentador feito uma miragem, aquela nudez lhe pareceram suspeitos e ele lançou ao redor um olhar inquieto e desconfiado.

Gohar estava sentado em cima do pacote de jornais, com as costas na parede. Mantivera o tarbuche e continuava com a bengala na mão. Estava frio e úmido naquela sala. Nour El Dine abotoou a gola da túnica, meneou a cabeça e disse, após um momento de silêncio:

— Isto tudo está além da razão, Gohar Efêndi!

— O que você quer dizer?

— Estou pensando nesse mendigo. Que fatuidade! Para quem ouve, até parece que todas as mulheres andam correndo atrás dele.

— Não se esqueça, senhor oficial, que por causa das mutilações esse mendigo é uma mina de ouro. As mulheres ficam interessadas.

— Mesmo assim! Uma criatura tão horrível!

— Não há nada de horrível — disse Gohar. — Principalmente para uma mulher. Esse homem-tronco faz amor tão bem quanto outro qualquer. E até melhor que outro qualquer, se eu me fiar pelo que tive oportunidade de ouvir. Acredite, os gritos de volúpia da mulher não eram fingimento. E confesso que é um bocado reconfortante.

— O que é reconfortante?

— É reconfortante saber — esclareceu Gohar — que até um homem-tronco pode proporcionar prazer.

— Um monstro desses!

— Esse monstro possui uma vantagem em relação a nós, senhor oficial. Ele conhece a paz. Não tem mais nada a perder. Tenha em mente que ninguém pode tirar mais nada dele.

— Você acha que é preciso chegar a esse ponto para ter paz?

— Eu não sei — confessou Gohar. — Talvez seja preciso virar homem-tronco para conhecer a paz. Você calcula a impotência do governo diante de um homem-tronco? O que pode fazer contra ele?

— Pode mandar enforcar — rebateu Nour El Dine.

— Enforcar um homem-tronco! Ah, não, excelência. Nenhum governo teria humor suficiente para empreender uma ação desse tipo. Seria realmente bom demais.

— Você é uma figura curiosa. Lê todos esses jornais?

— Deus me guarde! Não, eles me servem de colchão para dormir.

Nour El Dine, ao compreender o significado dos jornais estendidos no piso, foi tomado pelo pânico ante tão completa miséria. Achava que mesmo a mais miserável das criaturas dormia num colchão. Como alguém podia dormir em cima de um monte de jornais? Isso, no espírito dele, era sinal de demência.

— Você não tem cama? Dorme em cima desse monte de jornais?

— Faz anos que eu durmo assim, excelência! Para que se preocupar com isso?

— Como você caiu em tamanha miséria? Pela linguagem, parece um homem educado, eu diria até extremamente culto. Deveria ocupar um nível elevado na hierarquia social. No entanto, vive feito mendigo. Existe aí um mistério que eu gostaria de entender.

— Não há mistério nenhum. Vivo como mendigo porque quero.

— Por Alá! Você é um homem surpreendente. Sua mentalidade escapa cada vez mais à minha compreensão.

— A verdade, senhor oficial, é que você se surpreende com facilidade. A vida, a verdadeira vida, é de uma simplicidade infantil. Não existe mistério. Existem apenas canalhas.

— A quem você chama de canalha?

— Se não sabe quem são os canalhas, então não resta esperança para você. Esta é a única coisa que não se aprende com os outros, senhor oficial.

Nour El Dine baixou a cabeça e, com mãos apertadas entre os joelhos, parecia meditar sobre um problema doloroso.

— É muito mais complicado – disse por fim. – Não existem apenas os bons e os canalhas.

— Não – opôs-se Gohar. – Eu me recuso admitir essas nuanças. Não venha me dizer que é muito mais complicado. Como você não entende que essa pretensa complicação só beneficia os canalhas?

Nour El Dine calou-se, resignado. Mais uma vez, a lassidão se apoderava dele. Aquele quarto vazio lhe proporcionava uma sensação de apaziguamento, parecia isolá-lo do restante do universo. Imaginou-se deitado em cima de um monte de jornais, feliz e ocioso, livre de angústia. Para que ir buscar mais longe uma felicidade impossível? É verdade que nada podia acontecer entre aquelas paredes, naquele nada sabiamente organizado. Gohar decerto tinha razão. Viver como mendigo era seguir o caminho da sabedoria. Uma vida em estado primitivo, sem pressões. Nour El Dine pôs-se a sonhar sobre como seria a doçura de ser mendigo, livre e altivo, sem nada a perder. Poderia enfim entregar-se ao vício, sem medo e sem vergonha. Ele se sentiria, inclusive, orgulhoso daquele vício que fora durante anos sua maior tortura. Samir voltaria para ele. O ódio acabaria sozinho quando se apresentasse perante ele, despossuído dos emblemas de autoridade, lavado dos preconceitos e da moral viscosa. Não teria mais que temer-lhe o desprezo, nem os sarcasmos.

Mas não era nada fácil ceder à tentação. Levantou-se da cadeira e deu uns passos pela sala; depois se virou e veio postar-se diante de Gohar. Por um momento, admirou a fisionomia tranqüila do anfitrião, iluminada pelos reflexos moventes da vela. Sem dúvida, aquele homem cometera um crime; suas feições, porém, conservavam uma serenidade perfeita. Ele parecia inacessível ao medo e ao sofrimento, alheio ao mundo real que o cercava. Um suspiro queixoso escapou do peito de Nour El Dine. Sentia que ainda não estava maduro para aquela calma, aquele desprendimento absoluto que lhe requeria uma vida de mendigo. Ainda estava sujeito demais aos regulamentos da profissão; o dever lhe ordenava que concluísse sua missão. Não podia esquecer totalmente que era um oficial de polícia encarregado de fazer respeitar a lei, e que estava ali para investigar o assassinato de uma jovem prostituta.

– Na verdade eu vim para fazer umas perguntas.

– Estou escutando – disse Gohar. – Pode fazer todas as perguntas que tiver vontade.

– Ainda é sobre aquele assassinato no prostíbulo – prosseguiu Nour El Dine, tornando a sentar-se na cadeira.

– Eu sei. Estava esperando a sua visita. Fale, que eu respondo. Enquanto isso, farei um café para você. Desculpe se deixei de oferecer algo para beber.

— Não quero nada — disse Nour El Dine. — Não se incomode comigo.

Gohar, contudo, acendeu o fogareiro a álcool e se pôs a preparar o café. Enquanto vertia água na cafeteira, observava Nour El Dine em silêncio. Estava curioso de saber como se daria o desfecho. Mas o oficial de polícia não fazia nenhuma pergunta. Parecia perdido em algum devaneio distante.

Foi Gohar quem perguntou:

— Você está suspeitando de alguém?

— Para ser sincero, devo dizer que suspeito de você — respondeu Nour El Dine com uma expressão desvairada nos olhos.

— Pois congratulações, excelência — disse Gohar. — Você acertou. Sou mesmo o assassino.

Aquela confissão súbita causou em Nour El Dine o efeito de uma catástrofe. Meneou a cabeça de modo enérgico, ao mesmo tempo em que suas mãos abanavam o ar diante dos olhos, num gesto de negação, de recusa.

— Que brincadeira! — ele exclamou. — Ah, não, que infantil, Gohar Efêndi! O seu jovem amigo, El Kordi, já me aprontou esse golpe. O que há com vocês todos querendo confessar? Será que, por acaso, você também quer transformar o mundo?

— Deus me livre! Você não deveria, excelência, me comparar com esse moço. El Kordi pensa igual a você. Ele também acha que as coisas são muito mais complicadas.

O café estava pronto; Gohar verteu o conteúdo da cafeteira nas duas xícaras rachadas e ofereceu uma delas a Nour El Dine.

– Estou à sua disposição – ele disse. – O que você pretende fazer?

– Não pretendo fazer nada por enquanto. Não posso prender você baseado numa mera confissão. Preciso primeiro interrogar uma pessoa. Tudo vai depender desse interrogatório.

De repente, uma voz se fez ouvir; vinha do apartamento vizinho. O homem-tronco, com voz enrouquecida, cantava uma música alegre, meio doida. Nour El Dine escutou:

Cocheiro, depressa! Me leve
até a morada de Zuzu!

– Puxa! Ele canta.

– E por que não cantaria? – disse Gohar. – Tem todos os motivos para estar alegre.

– É, sem dúvida. Mesmo assim, eu gostaria de entender.

Nour El Dine levou a xícara à boca e tomou um gole de café. O café estava amargo; tão amargo quanto sua vida.

O sol brilhava mais alto que o cimo dos minaretes quando Yéghen parou, hesitante, nas proximidades da praça. Sabia que, logo mais, no posto policial, tudo seria apenas injustiça e trevas. No entanto, não sentia medo. O temor da tortura não tinha nada a ver com a hesitação. Estava apenas dominado por um desejo pueril: prolongar um pouco mais o passeio pela multidão. Gostava de flanar enquanto esperava o imprevisível. Por ter se drogado previamente, sentia-se calmo e com o espírito lúcido. A idéia de enfrentar as autoridades enchia-o inclusive de uma alegria singular.

Yéghen esperara por aquela intimação. Havia muito desconfiava que Nour El Dine, o oficial de polícia, nutria sombrias intenções em relação a ele. Mas o que sabia exatamente? Pensava ser ele o assassino ou só suspeitava que conhecesse a identidade dele? Em todo caso, o oficial esperava algum tipo de confissão. Yéghen não tinha nenhuma ilusão quanto à maneira que o oficial usaria para interrogá-lo. A tortura se tornara uma das formas da vida numa sociedade civilizada. Não se podia nada contra um câncer no estômago, muito menos contra o terror instituído pelos homens para oprimir outros homens. Yéghen aceitava as brutalidades policiais como aceitava as doenças incuráveis e os cataclismos da natureza.

O posto policial situava-se do outro lado da praça. Era um sobrado de pedra branca, com janelas gradeadas. Em vez de atravessar a praça, Yéghen foi pela calçada à esquerda; decidira flanar mais alguns instantes. Eram 11 horas da manhã e o lugar fervilhava com uma quantidade de gente cujo andar apressado não enganava ninguém. Yéghen admirava aquela persistente estagnação em meio à desordem e ao movimento ilusório. Para um olhar treinado, era fácil perceber que não estava acontecendo absolutamente nada de urgente ou sensacional. Apesar do barulho dos bondes, das buzinas dos automóveis, da voz estridente dos vendedores ambulantes, Yéghen tinha a sensação de um mundo em que gestos e palavras eram medidos em função de uma vida eterna. A fúria estava banida daquela multidão que se movia na eternidade; ela parecia animada por uma sábia alegria, que nenhuma tortura, nenhuma opressão logravam atingir.

Yéghen pensava com lúcido desprendimento no sofrimento que o esperava. Não era a primeira vez que suportava um interrogatório; a selvageria dos policiais não tinha nenhum segredo para ele. Porém até então se tratara de delitos menores relacionados ao tráfico de drogas. Agora o assunto era outro: assassinato. A questão era saber se os policiais bateriam com mais força que de costume. Não, pensou Yéghen. Para um caso pequeno de droga ou para um crime, a força das pancadas seria sensivelmente a mesma. Não precisava ter medo, portanto, de nenhuma fraqueza. Sabia que jamais pronunciaria o nome de Gohar. Não que isso fosse, da parte dele, um gesto de coragem ou abnegação quanto à amizade. Trair os amigos, e até a própria mãe, parecia um ato insignificante comparado aos incontáveis crimes cometidos mundo afora. Não, no presente caso, não se tratava apenas de salvar Gohar, mas de demonstrar a Nour El Dine o papel ridículo da polícia. Nour El Dine era a personificação de uma justiça absurda. Yéghen precisava provar-lhe quão grotesca era a situação do oficial de polícia. Sob essa perspectiva, sentiu-se alegre e se pôs a dar risada.

Yéghen penetrou no posto policial. Viu-se numa grande sala de paredes pintadas com cal, onde havia apenas uma mesa atrás da qual se encontrava um cabo. Ele lia o jornal com uma expressão laboriosa bastante cômica. Yéghen se aproximou, mostrou a intimação e esperou. O cabo interrompeu a leitura e levantou a cabeça.

– O que é?

Olhava para Yéghen como se suspeitasse dos piores malfeitos. Yéghen conhecia aquele olhar. A feiúra sempre o designava à perseguição policial; ele representava, para aquelas mentes obtusas, a própria imagem do assassino presumido. Sorriu e estendeu a intimação ao cabo. Ele pegou a folha de papel, deu uma olhada e disse:

— Espere! Não saia daí.

— Eu não vou fugir — disse Yéghen.

O cabo pressionou um botão enquanto vigiava Yéghen com um olhar carrancudo. Depois de alguns instantes, um policial com aspecto de touro se apresentou com a saudação regulamentar.

— Às suas ordens, cabo.

— Leve este homem até o senhor oficial.

O policial saudou novamente, e então fez sinal a Yéghen para que o seguisse.

— Venha.

Yéghen seguiu o policial por um corredor estreito. Sentiu sua vontade fraquejar ao contemplar o aspecto maciço do guia. Cair nas mãos de um carrasco assim equivalia a morte certa. O policial parou diante de uma porta e bateu. Uma voz respondeu lá de dentro. O policial abriu a porta e empurrou Yéghen para a frente.

— Meu bei! O cabo pediu que eu trouxesse este homem.

— Está certo — disse Nour El Dine. — Pode ir.

O oficial de polícia estava sentado à mesa, com a gola da túnica aberta, feições sombrias e contraídas. Não tinha se barbeado e parecia não ter dormido a noite inteira. Os olhos luziam de febre, e a expressão que fixou em Yéghen era de um homem que chegara ao limite de uma tragédia.

– Aproxime-se. Fico contente em ver você.

– Saudações, senhor oficial – disse Yéghen.

– Você está atrasado – prosseguiu Nour El Dine. – Só por isso mereceria uma semana de cadeia.

– Peço desculpas, excelência! Não tenho despertador.

– Pare com essas gracinhas. Não estou com ânimo para brincadeira. Desta vez a coisa é séria, estou avisando. Você não vai sair vivo daqui.

Yéghen, sem ser convidado, pegou uma cadeira e sentou-se.

– Eu já fiz o meu testamento – disse ele.

Nour El Dine calou-se, tentou dominar a raiva que o sufocava. Desde as primeiras palavras Yéghen lhe demonstrara a insanidade do interrogatório. Aquela gente nunca levava nada a sério. Nour El Dine sentia-se muito melhor com os maltrapilhos, com a escória destinada aos delitos sórdidos. Esses, pelo menos, ele conseguia assustar. Mas esses intelectuais malucos tinham a mania de desagregar dentro dele qualquer sentimento de autoridade. Nour El Dine considerava-se uma pessoa sensata; isso queria dizer que acreditava na existência do governo e nos discursos pronunciados pelos ministros. Tinha uma fé cega nas instituições do mundo civilizado. A atitude de Yéghen e seus semelhantes sempre o desconcertava; eles pareciam não se dar conta de que havia um governo. Não eram contra o governo; simplesmente o ignoravam.

– Não vou tolerar muito tempo as suas brincadeiras estúpidas. Você está aqui para responder a um interrogatório. Trata-se de um assassinato!

Yéghen sorriu revelando beatitude.

– Sou seu criado, excelência!

Estava encolhido na cadeira, pronto para qualquer eventualidade. Sabia que tudo aquilo acabaria em pancada. Porque ele não ia dizer nada. Através das grades das janelas, cujos vidros estavam fechados, avistava a animação da praça e ouvia o barulho ensurdecedor dos veículos. A vida continuava lá fora.

– Muito bem – disse o oficial –, vamos começar pelo princípio. Mas vou avisar mais uma vez que o assunto é sério, e que eu quero respostas precisas. Eu sei que você está por dentro de muita coisa.

– Eu! Senhor oficial, você realmente me valoriza demais.

– Me diga: você estava na casa de Set Amina no dia do assassinato?

Yéghen fez de conta que refletia.

– Para dizer a verdade, excelência, eu estava dormindo.

— Quando a menina Arnaba foi assassinada, onde você estava?

— Foi o que eu disse, excelência, estava dormindo.

Nour El Dine manteve o sangue-frio; quedou-se um momento em silêncio, com o rosto sério. Não havia a menor dúvida. Yéghen estava se fazendo de bobo.

— Eu sei perfeitamente que você esteve no prostíbulo naquele dia. Quem encontrou por lá?

— Eu estava dormindo, excelência.

— Não entrou ninguém enquanto estava dormindo?

— Como é que eu vou saber, excelência, se estava dormindo?

— Por Alá! Então você dorme o tempo todo, seu filho de uma cadela?

— Senhor oficial — disse Yéghen —, me desculpe, mas eu não sabia que dormir constituía um ato ilegal.

— Muito bem! Pois então eu vou te acordar.

Nour El Dine estava aniquilado; a estupidez daquela defesa ultrapassava seu entendimento. Estava dormindo, o maldito! Decerto se drogara antes de vir. Sabia que ele era capaz de agarrar-se àquela posição inabalável até o fim.

— Eu vou te dar cinco minutos para refletir. Depois disso, saberei te obrigar a falar.

Yéghen ia responder que estivera dormindo; mas percebeu que o oficial não estava fazendo nenhuma pergunta e calou-se. Em cinco minutos teria início a tortura. Pôs-se a pensar em coisas frívolas.

Nour El Dine olhou para o relógio, depois se recostou na poltrona e esperou. Aquele interrogatório estava virando gozação. Só serviria para abalar-lhe mais ainda a confiança na justiça e na autoridade. Estava agora convencido de que Yéghen não diria nada; mesmo sob tortura, guardaria segredo. Aquela atitude combinava pouco com a figura dele, chegava a ser preocupante. Nour El Dine tinha certeza de que Yéghen sabia quem era o assassino. Então por que se calava? O assassino não podia ter pagado para ele se calar; o crime não dera nenhum lucro ao autor. Também já não se tratava de uma questão de honra. Nour El Dine estava suficientemente a par do passado de Yéghen para saber que ele nunca se deixava perturbar por certos preconceitos.

Perguntou:

– Você não tem medo de apanhar?

– Não – respondeu Yéghen.

– Não é possível.

– Pancadas são apenas incidentes na vida de um homem como eu, senhor oficial! Meros incidentes.

– Você não tem nenhuma dignidade.

Yéghen zombou:

– Você me lembra a minha mãe – disse ele. – Minha mãe sempre me diz que o meu pai era um homem honrado e que eu sou a vergonha da família.

— Mas você não tem nenhum sentimento? Não sente nada?

— Sinto, sim, excelência! Neste momento, sinto um espanto enorme.

— Que tipo de espanto?

— Me espanta que um homem como você gaste seu tempo com joguinhos tão pouco agradáveis.

— Como você queria que eu gastasse o meu tempo?

— Vá passear – respondeu Yéghen.

Nour El Dine ficou lívido.

— Já vi que não há nada a fazer. Você pediu.

A porta se abriu, dando passagem a dois policiais; eles olharam para Yéghen e se aproximaram a passos lentos.

— E agora, você vai falar?

Yéghen não respondeu. Nour El Dine fez um sinal para os policiais. Um deles passou por trás de Yéghen, enquanto o outro se postou à frente, pronto para bater.

Yéghen olhava para toda aquela cena como um espectador desinteressado. Só achava que fora um erro afirmar que o oficial se ocupava com joguinhos pouco agradáveis. Para eles, devia ser muito agradável. Afinal, aquela gente se divertia a seu modo. Não sentia por eles nem ódio, nem desprezo. Sentia-se muito calmo; fechou os olhos.

A primeira bofetada quase arrancou-lhe a cabeça; sentiu uma dor atroz, que em seguida foi neutralizada por uma segunda bofetada, e por todas as outras que se seguiram. Então a dor aumentou, formou um bloco compacto, sem medida. Yéghen se viu mergulhado no fundo de um abismo negro cheio de raios fulgurantes. Às vezes, a voz de Nour El Dine o alcançava, perguntando ainda:

— Você vai falar, filho de uma cadela?

De repente, no tumulto do cérebro, ouviu um ruído longínquo. O ruído lhe lembrou alguma coisa, que ele tentou descobrir o que era. Levou muito tempo para entender. O tiro de canhão do meio-dia. Era meio-dia e o canhão acabara de troar. Abriu os olhos e exclamou:

— É meio-dia, gente boa!

O policial que estava com o braço erguido para esmurrá-lo deteve-se, estupefato.

— E daí? – perguntou.

— Pois eu acho que está na hora de comer – disse Yéghen com voz fraca. – Estou com fome.

Nour El Dine escondeu o rosto entre as mãos; tinha vontade de urrar.

— Joguem este sujeito na rua – ordenou. – Não quero nunca mais olhar para ele.

Os policiais agarraram Yéghen e o levaram. Nour El Dine ficou sozinho, atormentado pela mais profunda consternação. Então lembrou-se de que era meio-dia e levantou-se para almoçar.

Ao sair da delegacia, Nour El Dine pensou que sem dúvida Gohar era o assassino. No entanto, o que isso importava agora? Decidira apresentar sua demissão e viver, dali em diante, como mendigo. Mendigo até que era fácil; mas altivo? Onde encontraria a altivez? Dentro dele, restava apenas uma infinita lassidão, uma imensa necessidade de paz – simplesmente paz.